Mrcha Hollywood

Nie všetko pekné je aj dobré…

ROBERT BRYNDZA
JÁN BRYNDZA

RAVEN
STREET

Knihu venujeme mamine/svokre Vierke.
Neskutočne si nám zjednodušila a spríjemnila život pri
písaní.
ĎAKUJEME!
Tento príbeh je napísaný podľa skutočnej udalosti. Mená
postáv sú pozmenené.

ODCHOD

V ľadové novembrové ráno sa to viedenským letiskom len tak hemžilo. Snehová metelica pomaly utíchala a cez okno terminálu som sledoval, ako odhŕňače premieňali bielu odletovú dráhu na čiernu. Cestujúci posedávali na preplnených kufroch, deti plné energie sa vešali po batožinových vozíkoch naložených kopcom a hokejový tím unavene vysedával okolo tašiek plných výstroja.

V žalúdku som mal divný pocit, skoro ako motýliky, keď vyhlásili, že *boarding* môjho letu do Los Angeles sa začína o hodinu. Tajne som dúfal, že ho zrušia a ja sa budem môcť vrátiť do svojej milovanej Nitry, do svojho útulného bytíka a k svojmu šťastnému životu módneho stylistu.

Nebál som sa lietania. Vďaka svojej práci som lietal medzi Prahou, Londýnom, Milánom, Nemeckom... Čo ma strašilo, bol fakt, že som opúšťal Európu. Za trinásť hodín budem v bláznivom časovom pásme, ďaleko od rodiny, priateľov a môjho anglického frajera – hm – exfrajera

Robiho. Každé ráno, keď vstanem a začnem svoj deň, oni budú končiť tie svoje. Bude to veľká časová priepasť.

Išiel som sa trochu prebrať na záchod, prepláchol som sa studenou vodou a všimol si, ako sa mi oči začali zalievať nekonečnými slzami. Ranné vstávanie o tretej mi nikdy nepridalo na pohode.

Pred mesiacom dostal Robi vysnívanú pracovnú ponuku, hlavnú úlohu v divadelnej hre v londýnskom West Ende, a ja som vyhral zelenú kartu v americkej lotérii.

Z niekoľko miliónov ľudí som bol jedným z pár tisícok šťastlivcov, ktorí dostali povolenie legálne žiť a pracovať v USA. Ak by sme spolu zostali, jeden z nás by musel zabudnúť na vysnívanú kariéru a bol by nešťastný.

Tak sme sa rozišli.

Teraz sme obidvaja nešťastní.

Prehrabával som sa v svojej bordelárskej príručnej batožine kvôli vreckovkám, ale namiesto nich som našiel päť banánov v čokoláde, tri margotky, štyri horalky a fľašku kofoly. „Wow,“ mamina sa činila. Nechcel som pomyslieť na to, čo vylovím z kufrov na druhej strane Atlantiku.

V začiatkoch kariéry stylistu som často pracoval zadarmo. Na foteniach som si zvykol nájsť nádobku mojich obľúbených bryndzových halušiek, ktoré mi mamina zabalila do precízne vybratého Prada outfitu, alebo hurky schované do astronomicky drahých Jimmy Choo topánok, alebo kakaový koláč vo večernej róbe od Valentina. Jedlo bolo vždy chutné a oblečko našťastie vždy prežilo...

Pripomínalo mi to komunizmus, keď sa zvyklo zlato pašovať z Juhoslávie v horčici alebo v Nuttele.

Keď som začal zarábať pekné peniaze, dohodli sme sa, že mi jedlo už baliť nemusí.

Ale aj tak neprestala a v noci sa zvykla potajme priplížiť k mojim kufrom s baterkou, aby ma nezobudila a napchala mi do nich rezne.

Viedlo to až k veľmi zahanbujúcemu momentu na cene Eurovízie 2006, keď mi slávna speváčka dôverovala s prepravou jej nastylovanej parochne do Turecka. Asi hodinu pred finále, ktoré sledovalo niekoľko miliónov divákov po celom svete, sme zistili, že jeden z rezňov bol do nej totálne zamotaný. Nedalo sa ním hýbať. Vďakabohu to bola Eurovízia. Na druhú stranu som nastyloval ďalší rezeň a vyzerala *coolovo* a trendy.

Zapísal som sa týmto parochňovým omylom na mapu šoubiznisu. Celebrity sa išli zblázniť za mojím crazy štýlom a bol som zabookovaný na šesť mesiacov dopredu, takže som bol veľmi vďačný mamine a jej tajnému nočnému jedlo-baleniu.

Bohužiaľ, nemôžem prezradiť meno speváčky... mimochodom, je vegetariánka!

Nasmeroval som si to z letiskového terminálu výťahom na prízemie, do svojej obľúbenej kaviarne Carlos.

Tradične tam chodím pred každým odletom.

Dal som si Carlo kapučíno pred veľkým rezňovým triumfom na Eurovízii, tak som chcel nejaké to šťastie so sebou prilákať aj do Los Angeles.

Tešil som sa na Carla, vždy zarasteného a nahnevaného dvojníka Silvia Berlusconiho, ako pofajčieva so svojimi zákazníkmi a ziape cez zaparený kávomat na mladé vystrašené čašníčky.

Vyšiel som spoza rohu a Carlo ani jeho krásne vyzdobená sklenená kaviareň tam neboli.

Namiesto nich mi do očí bilo super moderné McCafé. Nábytok z Ikey, Wi-fi zóna, úžasná atmosféra milej kaviarničky bola minulosťou. Tlstá Rakúšanka s popolníkovými okuliarmi preberala objednávky s nechuťou a bez slov. Jej vychudnutá dvojička stála pri kávomate a stláčala gombík, ktorý napĺňal umelé poháriky tuctovou kávou.

Zamyslel som sa nad tým, ako ľudia po celom svete pijú rovnakú kávu na rovnakých stoličkách z Ikey... veľmi americký, rovnošatový štýl.

Keďže som dosť poverčivý, uvažoval som, či je McCafé pre mňa dobrým znamením, alebo varovaním pred katastrofou.

Zobral som si McLatte, sadol na krikľavo zelenú McIkea sedačku a pomaly popíjal McSračkovú kávu – hlavou mi pretekali myšlienky.

Kde budem v L. A. bývať? Ako dlho si budem hľadať prácu? Budem sa páčiť Amerike?

Hodina pred odletom prefičala veľmi rýchlo, až príliš rýchlo.

Zrazu som bol usadený v plnom lietadle spoločnosti Virgin Atlantic na svojom sedadle 58A, pri okne.

Vybavil som si posledné uplakané telefonáty s maminou, so sestrou, s neterkou a so synovcom. Veľa ľudí mi bude chýbať.

Robi nezavolal a ani ja jemu.

Veľmi som chcel počuť jeho hlas. Chcel som počuť, že všetko bude O. K.

Už nebolo kedy...

Lietadlo sa začalo hýbať. Letisko bolo zasnežené čerstvým snehom. Pilot ohlásil, že sme pripravení na odlet. Motory zmenili zvuk, nabrali sme rýchlosť, v mojom žalúdku tancovali čerti, keď sme sa odlepili od asfaltu.

Kurva! Je príliš neskoro na hodenie spiatočky...

HOLLYWOOD

Prílet do Los Angeles nebol vôbec ideálny. Americkí colníci nemali šajnu, kde je Slovensko (napriek tomu, že sa prezident Barack Obama len nedávno stretol s našou Ivetou Radičovou, ktorej určite obdivoval zbierku šálov), takže ma podozrievali a dve hodiny bombardovali otázkami, až kým si do googlu nehodili Czechoslovakia a zistili, že z jednej krajiny sú už dve. Rýchlo im to páli, chlapcom... Po útrapách mi opečiatkovali víza a vpustili do svojej „slobodnej" krajiny.

Keď som sa konečne dostal do hotela, zatelefonoval som svojmu jedinému americkému kontaktu, ktorý som mal, stylistke, s ktorou ma v minulosti spájala práca na fashion projekte v Prahe. Ponúkla sa, že ma zasvätí do čarov a tajomstiev Los Angeles. Bohužiaľ, jej odkazová schránka mi oznámila, že Courtney bude v nadchádzajúcich mesiacov mimo USA.

Thanks, Courtney.

Zaľahol som a pretiahol si paplón cez hlavu. Nespal som takmer dva dni.

O týždeň som si našiel bývanie v Los Angeles.

Zložil som si kufre na vyleštené parkety. Realitný maklér mi odovzdal hŕstku kľúčov, rutinne sa poďakoval a potriasol mi rukou. Bol som v svojom prvom hollywoodskom apartmáne. Cez otvorené okná sa prebíjala sladká vôňa ruží a eukalyptu. Dve tenké vysoké palmy sa vypínali z dvora k mojim oknám, vánok si ich pohadzoval z jednej strany na druhú. Vykročil som na malý útulný balkón. Skvelý výhľad, dovidel som na historický Roosevelt hotel, preslávený vďaka Marilyn Monroe, a na druhej strane na legendárne nahrávacie štúdiá Capital Records.

Hlavne som mal kde bývať.

Apartmán nebol príliš veľký a nebol v kopcoch Hollywoodu – Hollywood Hills (kde žijú celebrity), ale bol dosť blízko a bol môj!

Vybaľovanie mi netrvalo dlho, tak som sa šiel von poobzerať, kde to vlastne bývam.

Bytík bol v tichej ulici Grace Avenue, tri minúty ďalej sa ticho vystriedalo s hlukom slávneho Hollywood Boulevard.

Je turistickým centrom Hollywoodu a lemovaný hviezdnym Chodníkom slávy. Na konci Whitley Avenue som zazrel prvú hviezdu, niesla meno môjho obľúbenca Harrisona Forda. Dodnes milujem Indiana Jonesa.

Že by dobré znamenie?

Chodník slávy pozostáva z vyše 2 400 päťcípových, mramorovo-bronzových hviezd. Prechádzal som sa po nich niekoľko hodín a všímal si mená. Každých pár krokov bol niekto veľmi známy. Smiešne pôsobila hviezda Michaela

Jacksona, osadená pred supermarketom, a Marilyn Monroe pred McDonaldom. Na jej hviezde sa dokonca parila čerstvá kopa psieho hovna. Fakt okúzľujúce.

Hollywood Boulevard je plný protipólov. Dlhé luxusné limuzíny jazdia pomedzi preplnenými, špinavými autobusmi.

V nákupnom centre Hollywood & Highland nájdete množstvo značkových obchodov, ale pred ním chudobných pouličných umelcov, ktorí miesto bubnov hrajú na starých umelých kýbľoch, taktiež stánky, ktoré vnucujú turistom hollywoodske suveníry Made in China. Neskutočným faktom je, že toto nákupné centrum je miestom, kde sa každoročne udeľujú Oscary.

Pred odovzdávaním Academy Awards sú turisti, pouliční umelci, psie sračky... zázračne vygumovaní z okolia, obchoďák je nablýskaný a cesty uzavreté. Ulicou sa tiahnu nádherné červené megazávesy, exotické kvetiny a sošky zlatých Oscarov vo všetkých možných veľkostiach. Ulica nie je ulicou, ale jedným veľkým červeným kobercom. Prekvapivé je miesto, kde sa filmové hviezdy fotia na koberci pred vstupom do sály, je to bočný vchod do obchoďáku.

Hneď vedľa je Grauman's Chinese Theatre. Postavili ho v roku 1927, čo je pre Američanov niečo ako Koloseum pre Rimanov. Nie je to len hocijaké divadlo. Pred ním sa rozprestiera námestíčko s odtlačkami nôh, rúk a podpismi slávnych filmových hviezd, od čias nemých filmov až po hercov z Harryho Pottera. Je miestom, kde filmové štúdiá predstavujú svetu nové filmy.

Dlho som si strkal ruky do odtlačkov známych hviezd.

Arnold Schwarzenegger ich má veľmi malé, dokonca menšie ako Cher. Moje skvele zapadli do odtlačkov Dannyho DeVita. Proste máme krátke prsty.

Súčasťou tejto hollywoodskej džungle sú rôzni divní a diví ľudkovia, ktorých by som zaradil do niekoľkých kategórií.

1.) Turisti. Príliš veľa turistov. Ráno ešte pohoda, ale poobede sú chodníky neprejazdné. Hlavne veľký pozor na čínskych turistov. Ak sa zamotáte do ich skupinky, máte fakt smolu. Pošliapu po vás, postrkajú a nezáujem! Hlavne tie milo vyzerajúce čínske dámy s kvetinkovými klobúčikmi. Dobre viem, ako dokáže komunizmus urobiť z človeka tvrďasa.

2.) Predajcovia lístkov na minibusovú obhliadku obydlí filmových hviezd. Každých päť metrov vám zúfalý chlapík násilne strká lístky do ksichtu. Títo chlapíci (a zopár hrozivých mohutných žien) sú odporní a agresívni, hlavne keď poviete, že ste domáci, myslia si, že klamete a agresivitu ešte vystupňujú.

Prehliadka domov celebrít? Do ich obydlí sa nedostanete, ani len k bráne. Okolo nich len prefrčíte...

Je to také veľmi drahé prevezenie sa turistickým autobusom za 50 dolárov.

Bývam tu a tie domy si môžem vyhľadať aj sám, ak budem mať chuť.

3.) Ľudia oblečení ako filmové hviezdy a hrdinovia z filmov. Títo týpkovia sú vyhladovaní herci, ktorým to vo filme veľmi nevyšlo alebo len začínajú. Prežívajú na tringeltoch, ktoré zarobia od turistov za pózovanie na Chodníku slávy. Väčšina kostýmov je hrozná, ale vďaka

Rusom a Číňanom nie sú na tom až tak zle. Tí s radosťou zaplatia za fotku so Spidermanom, aj keď je to už pán v rokoch s ovisnutým zadkom, v očividne po domácky vyrobenom, vyťahanom kostýme. O pár metrov ďalej som zhliadol Supermana. Asi päťdesiatročný chlap s vlasmi zafarbenými načierno tam postával s Wonderwoman.

Nebol som si istý, či to bola jeho frajerka, alebo manželka, pokojne to mohla byť jeho mama, vyzerala o dosť staršie.

Zazrel som aj Charlieho Chaplina, Jacka Sparowa z Pirátov Karibiku, Alicu z krajiny zázrakov, malého chlapíka (mohla to byť aj žena) v maske z hororu Bábiky, Micky a Minnie Mousa, Marilyn Monroe... Dokonca tam bola aj Lady GaGa, no nie som si istý, či to nebola len vyslovene škaredá baba, čakajúca na autobus.

Pohádal som sa s Catwoman, keď som si ju fotil mobilom. Trochu moletná černoška natriesaná v nylónových leginách a čiernej mačacej maske, ktorej sa veľmi nechcelo pózovať v 30-stupňových horúčavách.

„Hej, ty! Daj dolár!" začala kričať a odsotila francúzsku turistku bokom, aby sa ku mne dostala.

Prehľadal som si rýchlo vrecká, ale našiel som iba 25 centov (asi 6 korún). Samozrejme, nasrala sa a kázala mi zmazať fotku.

„Mala by si si vyvesiť tabuľu," zvýšil som hlas, „nie je toto náhodou slobodná krajina?" Ďalšia, ešte tlstejšia Catwoman sa rútila mojím smerom s plnými ústami nedožutého Big Macu.

„Máš problém?"

„Áno," odpovedal som podráždene.

„Nie ty!" zahučala na prekvapeného Nóra a podišla ku mne bližšie. Jej tmavohnedé nažhavené oči takmer vyskakovali z masky.

„My fungujeme na tringeltoch, krásavec. Makaj, daj jej dolár a jeden mne," takmer stratila hlas.

„Prečo by som mal dať tebe?" spýtal som sa riadne napálený.

„Lebo si debil!" vyprskla s hamburgerovým pachom.

Ironicky som sa uškrnul, vytiahol mobil a odfotil ich obe ešte raz. Neviem, ako by to celé dopadlo, keby ich nevyrušil príchod dvoch opálených kočiek v sexi červených plavkách.

„Skurvené šľapky z Baywatchu!" zamrmlala Catwoman.

Dav ľudí sa presunul k novým atrakciám a ich dekolty sa rýchlosťou blesku plnili dolárovkami.

V tom okamihu som poľutoval obidve Catwomen, išlo im o prežitie. Doprial by som im krajší život.

4.) Bezdomovci. V spoločnosti nastylovaných celebrít a zúfalcov snažiacich sa preraziť v Hollywoode vyslovene cítiť ich prítomnosť. Tí najchudobnejší a najbohatší idú ruka v ruke všade, kde sa človek pohne.

Dôvodom, prečo sú ulice v L. A. plné bezdomovcov viac ako kdekoľvek inde, je počasie. V New Yorku by zamrzli v ukrutných teplotách. Tam sú politici donútení, aby im množstvo nájdených zamrznutých ľudí v podchodoch, vo vstupoch do luxusných apartmánov... nekazilo titulky v novinách. Teplota sa v slnečnej Kalifornii nikdy neblíži k mínusovým hodnotám, preto je ich prístup taký, aký je. Keď im nie je zima, tak čo? Nezamrznú.

Bezdomovci v Hollywoode sú ako postavičky

z Chodníka slávy, len bez kostýmov, tringeltov a bez strechy nad hlavou.

V priebehu hodiny som si všimol staršiu dámu v dlhých špinavých šatách. Spala na roztrhanej deke popri veľkej križovatke. Jej jediným majetkom bol starý zelený hrebeň a malé na polovicu rozbité zrkadlo, ktoré trčali z deravého vrecka. Všetci ju ignorovali. Topánky okoloidúcich len tak-tak míňali jej popraskanú, spálenú tvár.

Ďalší chlapík ležiaci pri smetisku bezdôvodne pokrikoval. Nemal ruky, len kýptiky a dotrhané oblečenie. Neskôr som ho videl, keď bol upokojený, skladal malú komplikovanú stavebnicu. S ľahkosťou sa pohrával so skrutkami a závitmi, všetko bez pomoci rúk.

Premýšľal som o tom, že ich životy nemohli byť vždy také kruté. Prišli do Hollywoodu s nádejou, so snom. Vedel som, že okrem turistov a bezdomovcov majú ľudia v L. A. jediný cieľ, stať sa slávnymi. Zúfalci v crazy outfitoch, ďalší vyspevovali po uliciach najhlasnejšie, ako vedeli, mladá baba vystrojená na aerobik si zgustla na pozornosti kamier japonských turistov. Každý sa snažil na seba upútať pozornosť...

Pri súmraku som sa vracal späť do svojho, po tom, čo som videl, ešte hodnotnejšieho apartmánu, a bol som rozhodnutý.

Mne sa to podarí, budem jedným z tých, ktorým to v Hollywoode vyjde! Mne sa môj sen splní!

Ale ako?

Kde začať?

To som ešte nevedel, že zakrátko stretnem dvoch ľudí, ktorí mi zmenia život...

DEREK & HILLARY

Prvých pár dní som sa cítil v L. A. dosť osamelo. Mal som perfektný apartmán, ale nemal som koho doň pozvať na večeru alebo šálku kávy. Zvonil som aj susedom, ktorých apartmány boli v mojom dvore. Nikto sa neozýval.

Každé ráno som sa prechádzal tichými ulicami môjho susedstva. Nevedel som o tom, aké môžu byť rána v L. A. studené a zamračené asi do deviatej, desiatej hodiny, pokiaľ sa slnko neprebije von. Jediný, kto sa v mojich ranných hodinách prechádzal, boli týpkovia, čo venčili cudzie psy. Tým sa baviť nechcelo. Väčšinou boli započúvaní do MP3 alebo zarozprávaní do iPhonov. Dokonca ich psy sa správali priateľskejšie. Zakývali mi chvostíkmi, oblízali nos a už ich ťahali ďalej, tváriac sa, že neexistujem.

Vo vedľajšej ulici rástol velikánsky stromisko, z ktorého viseli stovky avokád.

Rutinne som chodil na Hollywood Boulevard (cestou si dal čerstvé avokádo) a kúpil si Hollywood Reporter, časopis o dianí vo filmovom biznise. Vrátil sa domov, urobil si kávu a započúval sa do hluku áut prebúdzajúceho sa L. A. Po pár dňoch tohto stereotypu, pitia vlastnej Popradskej kávy a premýšľaní o tom, čo Robi porába, som sa rozhodol ísť medzi ľudí, do kaviarne.

V Amerike (zvyšok sveta ju v tomto dobieha) nie je *coolové* piť vlastnú kávu, urobenú doma, zaliatu vlastnou vriacou vodou. Musíte ísť do kaviarne a minúť majland na niečo, čo vyzerá ako malý kýbeľ plný sirupu, dažďovej vody a šľahačky.

Rozhodol som sa pre Starbucks v Hollywood & Highland. Je tam pekná terasa, milé prostredie a internet zadarmo. Vzal som si notebook, aspoň skypnem mamine do Nitry a ukážem jej trochu Hollywoodu.

Bol som tam asi desať minút, keď prišli dvaja chlapíci so psami. Vyzerali ako päťdesiatnici vypľutí z postele, oblečení vo vyťahaných šortkách a dotrhaných tričkách. Psy mali rovnaké, zelené štrikované svetre ako dvojičky. Spýtali sa ma, či sú kreslá pri mne voľné. Prikývol som. Upravenejší chlapík sa usadil, ten druhý strašiak šiel kúpiť kávu. Krásny, veľký ryšavý psík podišiel ku mne a vložil ňufák do mojej ruky. Začal som sa baviť s jeho majiteľom.

„Volá sa Amber (jantár). Je z útulku.“

Druhá sa volala Ginger (ryšaňa), bola vychudnutá, krásne biela s ryšavými škvrnami.

„Sú sestry. Mám ich z New Yorku. Žil som tam.“

„Hej, hádaj, koľko majú rokov,“ zahučal strašiak z druhej strany terasy. Niesol dve kávy a mlieko pre psy.

Tipoval som šesť rokov.

„Majú desať,“ tešil sa z môjho o dosť podsadeného tipu.

„Veľmi sa o ne starám. Nie sú krásne... nie sú?“

Nestihol som odpovedať, zazvonil mu iPhone. Vytiahol ho z vrecka a ziapal doň niečo o upchatom záchode. Amber sa ku mne vrátila, smutne zazrela a uložila sa mi na kolená.

„Miluje ľudí," ozval sa milší chlapík.

„Ahoj, volám sa Ján."

On sa predstavil ako Derek. Starší, ktorému sa červenala tvár z kričania, bol Hillary. Čudné meno pre chlapa, myslel som si.

„Ján?" opýtal sa Hillary ešte stále na mobile.

„Si z Európy?"

„Áno, zo Slovenska."

„To je kde? V Rusku?"

„Nie, no takmer si sa trafil," zavtipkoval som.

Všetci vrátane psov na mňa vyvalene čumeli. Chvalabohu, Hillary mal iné na rozume.

„Nezaujíma ma, kto sa vysral! Oprav to," a šľahol mobil na stôl.

„Hillary žil v Paríži. Je to blízko Slovenska?" spýtal sa Derek.

Nevedel som, čo na to odpovedať. S americkou ignoranciou a aroganciou som sa stretával každý deň.

Hillary vytáčal čísla všetkých, čo podozrieval z upchatia záchodu. Chcel, aby mu preplatili peniaze za odblokovanie.

Čo tu títo dvaja robia vo štvrtok ráno o jedenástej? Pracujú? Možno pre kanalizácie alebo mestské služby, to by objasnilo ten čudný telefonát a ich spôsob obliekania.

Hillary ma predpehol:

„Čím sa živíš?"

„Som stylista."

„Poznáme veľa slávnych ľudí," hrdo vyhlásil.

„Poznáš Veronicu Madison?"

„Samozrejme," je jednou z najznámejších amerických herečiek. Hráva hlavne v komédiách.

„Tu máš," strčil mi zvoniaci mobil k uchu.

„To je ona, Veronica Madison!"

Myslel som, že srandoval. V tom som počul jej nepomýliteľný hlas na odkazovači.

„Neboj, nikdy nezdvíha," povedal Derek a pokračoval.

„Býva vedľa nás, sme susedia."

„Zdvíha a nie sme len susedia, ale kamaráti sa s nami," hádal sa Hillary. Znovu mu zvonil mobil.

„Je to jasné, tvoj brat to urobil!"

„Čo urobil?" nechápal Derek.

„To hovno... On chodí na záchod v bare, je žgrlavý sa vysrať doma, aby nemíňal papier!"

„Ako môžu vedieť, že to bol on?"

„Veľmi jednoducho, on jediný jedol kukuricu na večeru, mám ti to viac rozobrať?"

Derek sa cítil trápne.

„Tvoj brat zaplatí 400 dolárov za odblokovanie záchoda," vyhlásil vytešene, akoby vyhral v lotérii.

Derek dočítal noviny. Ja som sa ešte dohral so psami a za pár minút sme boli všetci na odchode. Hillary sa ma spýtal, či chcem ísť ich skratkou. Vyšlo najavo, že sme boli susedia. Oni bývali na hornom konci mojej ulice, na tom bohatom konci – Hollywood Hills. Stáli tam niekoľkomiliónové vily za stráženými bránami.

„Kód je dva, jeden, tri," Hillary sa poobzeral, či ho niekto nesleduje. Po dvoch kávach sa triasol ako osika, zuby mal neskutočne biele a rovné, takmer sa mu nezmestili do úst, boli príliš veľké, také konské.

Vyšli sme po schodoch, boli tam ešte väčšie vily a už vážne neprirodzene drahé. Boli v štýle francúzskych palácov, mexických haciend a španielskych víl. Niektoré boli futuristické zo skla, z tmavého dreva a vyblýskaného mramoru. Ďalšie boli napodobneninami palácov starého Ríma.

Jedinou vecou v L. A., ktorá nie je kópiou niečoho iného, sú palmy. Sú ich tisíce. Sú všade. Pri cestách, v parkoch, na plážach...

Originalita je jednou z vlastností, ktorou Američania nedisponujú.

Hillary vedel všetko o svojich susedoch. Kto, kde a kedy žil, presnú cenu, za akú kúpil dom... Ukázal na dom, ktorý patril Grace Kelly, Ronaldovi Reaganovi (predtým, ako sa stal prezidentom USA), Robertovi Downeymu Juniorovi...

Ďalšie schody nás previedli na druhú stranu kopca..

„Tu bývala Paris Hilton," rozprával s tvárou nalepenou na bráne.

„Nedá sa dobre odfotiť. Ver mi, skúšal som," ťahal ma k ďalším domom celebrít a pokračoval ako z čítačky.

„Herec z CSI Miami, herečka z CSI New York, PR Ashtona Kutchera, herečka z Cougar Town a za tým obrovským plotom býva Veronica Madison."

Došlo mi, že som si vybral skvelú štvrť na bývanie. Vyhral som jackpot. Asi by som sa mal s týmito čudákmi lepšie spoznať. Pristavili sme sa pri ďalšej velikánskej bráne. Derek zadal kód. Pomaly sa otvárala. Čistá sivá cesta sa tiahla nahor popri štyroch domoch. Cítil som sa ako na Wisteria lane zo Zúfalých manželiek. Nikto nebol na ulici, žiadne autá, len šum vysokých paliem. Derek a Hillary v roztrhaných, vyťahaných handrách vyzerali maximálne mimo v nádhernom luxuse.

Konečne sme sa dostali k ich veľkému domu. Bol biely s modrými okenicami.

„Tento je náš. Ideš dnu?“

Po celý čas som sa nespýtal na ich vzťah, ale mal som tušáka, že tvoria pár, aj keď vyzerali dosť hetero. Neboli vytočení ani zoženštelí (nie všetci gayovia sú), ale mohli byť len kamaráti. Neflirtovali so mnou...

Amber sa pred domom vysrala na kozmeticky upravenom trávniku. Hillary zbledol.

„Amber, prečo vždy serieš na našej tráve? Bola veľmi drahá. Vypestovali ju v Japonsku, v kopcoch svätého lesa,“ vysvetľoval jej Derek. Mne pripadala obyčajná ako každá normálna tráva.

„Vyšla na 500 dolárov za štvorcový meter, Amber!“ hrešil ju Hillary.

Ukončila potrebu a vyzerala zahanbená po tom predslove.

Zatiaľ čo Derek čistil po psoch, Hillary mi vysvetľoval, prečo musia mať trávu zo svätého lesa.

„Náš záhradník nám poradil, že tým pridáme nášmu domu na hodnote.“

V hlave som si prepočítaval, koľko ich ten špás vyšiel. Približne pätnásť štvorcových metrov. Preboha! Oni zaplatili za kúsok trávy pred domom sedem a pol tisíca dolárov (163-tisíc starých, dobrých slovenských korún)!

Hillary nebol spokojný s tým, ako Derek čistil hnedú

škvrnu na tráve, tak zavolal záhradníkovi, aby to prišiel vyčistiť hadicou.

„Stopäťdesiat dolárov je v riti," sťažoval sa.

Osobne by som na to kydol vedro vody a 150 dolárov radšej minul na nové dieselky. Mal som chuť zavtipkovať, že im to za tie peniaze urobím, ale už som vedel, že nemajú až taký zmysel pre humor.

Za ďalšou menšou bránkou bolo malé nádvorie s fontánou, ktoré viedlo do veľkej presklenej obývačky spojenej s kuchyňou. Previedli ma po všetkých izbách. Boli neskutočne luxusné, ale nie veľmi útulné. Zboku obývačky viedli dvere na terasu k bazénu. Na jednej strane levia hlava, z ktorej sa dopúšťal, a na opačnej trysky oblúkovito striekali cez bazén.

Vedľa bol vonkajší bar s vysokými béžovými stoličkami a chladničkou. O dva schody nižšie hučalo jacuzzi.

Záhrada vyčnievala nad Hollywood Hills, smerom na legendárny Hollywood Bowl. V nižšej záhrade ponad cestu mali taliansku fontánu. Z kopca za domom bolo vidieť preslávený veľký nápis HOLLYWOOD.

Pri pohľade naň mi naskočili zimomriavky.

Hillary nepochopil a vysvetľoval:

„To je slávny znak Hollywoodu." Akože som debil.

Vošli sme späť do obývačky, ktorá je múzeom drahého gýču a nevkusného nábytku, ktorý sa k sebe štýlovo nehodí. Art déco sekretár – 10 000 dolárov, jedálenský stôl vo viktoriánskom štýle – 6 000 dolárov. Dve tritisícdolárové, super moderné stoličky pod sedemnásťtisícovými, akoby pre kostol vyrobenými oknami. V nich mali zobrazené postavy svojich hrdinov. Oprah Winfrey – za štíhlych čias, a inteligentne vyzerajúceho Georgea Busha. Samo o sebe to nedávalo zmysel.

Stredobodom izby bol kozub z roku 1950 – 12 000 dolárov. Používať ho nemohli. V Kalifornii platí zákon, ktorý zakazuje používanie otvoreného ohňa ako prevencia pred lesnými požiarmi a veľkým suchom.

Derek sa vyžíval v tom, aké bolo všetko drahé.

Steny boli biele, viselo na nich množstvo šialene farebných obrazov.

„Nie sú úžasné?“

Skoro mi zabehlo. Práve som hľadel na jeden z nich, červená škvrna s hnedou bodkou v rohu.

„Poznáš seriál Where The Good Stuff Happens?“

„Nie. Nepoznám.“

„Dávajú ho naobed, je veľmi populárny,“ vysvetľoval Derek

„Nemám televízor.“

Obidvaja na mňa zazreli, akoby som povedal, že nemám v byte záchod a šťať chodím do kvetináča.

„Umelec, ktorý namaľoval naše obrazy, sa volá Tim Chambers, hrá v tom seriáli. Za každý sme dali 4 000 dolárov. Máme ich desať.“

Dúfal som, že mu herectvo ide lepšie ako maľovanie a opäť som zapol kalkulačku v hlave. Hrozný nábytok vrátane obrazov ich stál 91 000 dolárov (1 964 877 Sk). A to bola len obývačka.

Ježišmária!

Po mramorovom schodisku sme vyšli na horné poschodie. Po dlhej chodbe, kde bolo vidieť päť elegantne zariadených izieb, sme sa prepracovali k ich spálni.

„Dnu nepôjdeme, je rozhádzaná," ospravedlnil sa Derek

Postávajúc na chodbe Hillary začal so svojou sprostou tipovacou hrou.

„Čo myslíš, akú má hodnotu naša vila?"

Neznášam takéto otázky. Nesprávna odpoveď a naserie sa. Dosť som prihodil.

„Tri milióny dolárov?"

„Ako vieš presnú sumu?" zahučal Hillary a podozrivo si ma premeriaval.

„Len tipujem."

Oči mu začali vyskakovať z jamôk.

„Ty si z Los Angeles!" priblížil sa ešte viac.

„Nie. Z Nitry," nechápavo som odpovedal.

„Neklam. Si z Los Angeles! Vedel som, že tie svine pošlú daňováka. Chystali ste sa nám zdvihnúť daň za nehnuteľnosť minulý rok!"

Derek zbledol. Psy štekali.

„Si daňovák. Je to tak?" zaprskal na mňa cez protézu.

Utrel som si tvár a hľadal občiansky preukaz v peňaženke.

„Nie som daňovák. Nie som z Los Angeles. Mám ti ukázať?" tváril som sa, akože ma neserie. Vytrhol mi občiansky z rúk, oči mu nervózne klipkali.

„Som zo Slovenska!"

„Hillary, on nie je z L. A.," pomáhal mi Derek. Zobral mu môj občiansky a jemne mi ho vsunul do ruky. Ospravedlnil sa za Hillaryho, kým on sa tváril, že sa nič nestalo.

„Z daňovákov riadne stresujem. Obama nám šialene zdvihol dane!"

„Prestaň! Nebavme sa o Obamovi!" žiadal Derek

„Neznášame ho! Ničí celú Ameriku. Vieš koľko nás vďaka nemu stojí zdravotné poistenie?" pridal sa Hillary.

„Daň na nehnuteľnosti je šialená," dodal Derek.

Amber mi oblízala ruku. Mal som dojem, že sa ma snažila varovať pohľadom, vypadni, kým môžeš.

„Musím už ísť, chalani, môžem ešte skočiť na záchod?"

Zaviedli ma do dolnej kúpeľne, vyloženej čiernym mramorom. Záchod a umývadlo boli pozlátené. Steny krvavočervené ako po zabíjačke.

„V Európe máte v domoch len jednu kúpeľňu. Pamätám si z Paríža."

My máme šesť záchodov a osem umývadiel," pýšil sa Derek.

„Ideš na malú alebo na veľkú?" opýtal sa Hillary.

„Na malú." To je sprostá otázka, prebehlo mi hlavou, keby potrebujem na veľkú, pošleš ma k susedom alebo čo?

„Máš žlčové kamene?"

„Nemám. Aspoň dúfam, že nie."

„Tak to je O. K. Derekov otec ich mal a pri čúraní nám nimi vyštrbil i záchodovú misu."

Nadvihol poklop na záchode.

„Vidíš," prstom ukazoval na takmer neviditeľnú bodku.

„Je vyrobený z mede. Na objednávku. Stál tritisíc dolárov, tak mier do vody!"

Zavreli za sebou dvere. Rýchlo som pre istotu zamkol. Nedalo sa mi ísť, mal som pocit, že počúvajú za dvermi. Pripadal som si ako v kóme. Dúfam, že sa z nej dostanem.

Ďalší šok ma čakal v kuchyni. Derek bol delegovaný

utrieť psom zadky. Mal gumené rukavice a používal mokré vreckovky Nivea. Presne také, aké ja používam na tvár.

Hillary mi dal ich číslo na mobil a vypýtal si moje.

„Odteraz sa budeme kamarátiť," povedal ako malý školák.

Konečne som sa dostal domov a dumal nad tým, čím sa živia. Ako si môžu dovoliť ten luxus. Sú šťastní? Majú skutočných priateľov s tými odpornými, povýšeneckými povahami?

Faktom zostávalo, že cez nich vedie cesta k Veronice Madison! Keby sa mi ju podarilo nastylovať aspoň do jedného z mojich outfitov, brány Hollywoodu by sa mi otvorili dokorán...

VEČIEROK V HOLLYWOOD HILLS

Pár skorých rán som sa stretol s Hillarym a Derekom, vyvenčili sme psy na Hollywood Boulevard a kávičkovali na terase Starbucksu, predtým než ju zaplavili turisti. Amber a Ginger milovali Starbucks, ale nie až tak ako Hillary. On miloval turistov. Vyžíval sa, keď obdivovali jeho psy. Bočným pohľadom sledoval každý pohyb. Niekto sa len na sekundu pozrel na Amber a Ginger, niekedy aj z päťdesiatich metrov a už mu nič iné nebolo treba.

„Hádaj, koľko majú rokov?" nastavil tón hlasu, aby tipovali nízky vek. Potom vytasil veľké zubiská a vysvetľoval, ako ich zdravo živí. Hillary žil vo vlastnom svete. Keď ho Číňanania poprosili o foto s jeho psami v dvojičkovských outfitoch, myslel si, že im tým skladajú poklonu. Bolo to skôr tým, že by boli v Číne na obedovom menu. Nemal som srdce ničiť mu ilúzie.

Konečne som z nich dostal, čím sa živia. Derek vlastní niekoľko barov v New Orleanse (objasnilo mi to trápne telefonáty o upchatom záchode). Kariéra Hillaryho je schizofrenická.

„Robil som modela, producenta videa Shoot The Dog Georgea Michaela a editora v magazíne." Rozprával mi o vlastnej kozmetickej firme, o reality šou, ktorú sa snaží predať, a domoch, čo skupujú ako investíciu. Taký zaneprázdnený človek a stále má čas na vysedávanie po kaviarniach a táraniny o tom, ako hostil Veronicu Madison a Marca Cherryho, chlapíka, čo píše a produkuje Zúfalé manželky. Neveril som mu ani slovo.

Pri našom ďalšom starbucksovom stretnutí som musel zmeniť názor. Výrazne zmeniť!

Čakal som v rade na kávu a mafin, keď sa pri mne zjavil Hillary v tradične vyťahaných a dotrhaných kraťasoch, bielom tričku a, samozrejme, s nerozotretým krémom okolo nosa.

„Vravel si, že si stylista, áno?"

„Jasné."

„Po ceste sme stretli Veronicu Madison. Potrebuje stylistu na charitatívny večierok. Navrhol som jej teba."

Šok, šťastie, zimomriavky... preboha, chvalabohu, hurá, kurva... eufória... To všetko mi prebiehalo hlavou a telom.

„Dnes večer hostím pre teba večeru, príde Veronica. Nenechaj ma zahanbiť."

Stále som sa triasol, keď sme sa usadili s kávami. Derek a Hillary vytasili svoje iPhony a začali googliť info o Veronice. Na wikipédii zistili jej vek – 45 rokov. Hillary tvrdil, že má určite nad päťdesiat.

„Vyzerá celkom zachovalo. Hrala vo veľkých *blockbusteroch*, TV seriáloch a vždy v nich bola tou najkomickejšou. Vo vlastnom sitkome Biff nepresvedčila a po pár častiach ho minulý rok zrušili.“

„Díky, derekpédia.“

„Veronica naozaj potrebuje stylistu,“ škodoradostne zaškrečal Hillary, ktorý vyzeral ako obeť viacnásobného znásilnenia vlastnými psami.

„Ona je úplne mimo, v hroznom stave. Dnes utekala na pracovné stretnutie s mokrými vlasmi, bez topánok a na tvári mala veľký jebák!“

„Aj ona je len človek,“ zastal som sa jej. Veď je predsa mojou obľúbenou herečkou a dúfam, že onedlho aj prvou hollywoodskou celebritou, ktorú budem obliekať.

„Nie, ona je hlavne filmová hviezda a má sa tak aj správať,“ odvrkol Hillary.

„Môžem niečo priniesť k večeri?“

„Iba seba,“ odpovedal Derek priateľsky.

„A fľašu Grey Goose vodky,“ poponáhľal sa Hillary.

Riadne drahá vodka. Fľaška vyjde na 45 dolárov (1 000 Sk), ale oni mi chystali večeru, ktorá by mi mohla zmeniť život, tak som súhlasil. Aspoň mi tvrdili, že to celé robia pre mňa...

Ponáhľal som sa domov nachystať sa na Veronicu. Mám veľké portfólio zo stylingu pre britský Vogue, francúzsky Marie Claire, taliansky Bella magazín. Húfy stylistov obklopujú Veronicu s podobnými ponukami, musím zaujať niečím originálnym. Niečím, čo mi nielen zaručí džob na nadchádzajúcom večierku, ale aj na jej nadchádzajucom filme. Presne som vedel, čo mi pomôže!

Pred rokmi som študoval na Hotelovej akadémii v Nitre. So spolužiačkou Saškou sme strávili spolu veľa času a pracovali na vlastných módnych foteniach (práca v cateringu ma totálne nebavila). Aj s ďalšími spolužiakmi sme nafotili slávnostnú hostinu (potajme v reštaurácii, v ktorej sme praxovali) v štýle hostina Alžbety Bathory. Pokrmom boli jej sluhovia. Netušil som, že fotenie vyjde tak fantasticky a bude o ňom písané v krajských novinách, ani to, že sa o tom dozvie majiteľ reštiky (bol to koniec mojej kariéry v cateringu, no začiatok kariéry stylistu).

Modlil som sa, aby Saška mala zábery z fotenia v notebooku, keďže pózovala ako Alžbeta.

Skype – uľahčovač života, ak žijete v zahraničí. Vytočil som Sašu, párkrát zazvonilo a ocitol som sa v jej obývačke. Sedela vo fialovom kresle, veľmi bledá. V Londýne bolo po ôsmej večer a ona si robila rutinnú pondelkovú *facial*.

„Janko... Tak rada ťa vidím. Nemôžem sa usmievať, praskla by mi maska," zapálila si cigaretu.

S Robim sme u nej bývali počas našich londýnskych pracovných návštev. Z pohľadu na byt som zosmutnel.

Mala problémy v práci.

„Donútili ma demonštrovať *facial* na zákazníčke, neznášam to. Na Arabke s tými najväčšími nosnými dierami, aké si vieš predstaviť. Natierala som jej krém na tvár, okolo nosa, v tom sa mi šmykli prsty a skončili jej v nose," zdvihla prst a ukazovala na prostredník s chýbajúcim umelým nechtom.

„Boja sa, aby nesúdila celý Harrods," odfúkla si dym z cigarety.

„Najhoršie na tom je... nemohli jej vytiahnuť môj necht ani v sanitke po ceste do nemocnice. Dosť bolo o mne, ako sa ti darí v Hollywoode?"

Všetko som jej porozprával.

„Veronica Madison? Wow!" zapálila si ďalšiu cigaretu.

„Obsluhovala som ju pred pár rokmi v mojej beauty sekcii. Milá žena. Nakúpila veľa kyslíkových *face masks*."

Saša sa na mňa čudne pozrela a spýtala sa, či som O. K. a či sa Robi ozval.

„Nie, neozval."

„Včera som s ním bola na káve v Covent Garden. Veľmi sa teší z divadelných skúšok. Vidieť... dosť mu chýbaš."

Snažil som sa zakryť smútok.

„Veľmi mi chýba!"

„Kázala som mu skypnúť ti a tebe kážem to isté!"

„Dohodli sme sa na nekontaktovaní," pripomenul som jej.

„Veď ste sa rozišli v dobrom, nie? A na neurčito," spýtala sa dúfajúcim hlasom.

„Áno, v dobrom, ale na určito... na veľmi určito!"

„Tak v dobrom?! Mali by ste si to rozmyslieť a porozprávať sa. Vzťah na diaľku sa dá zvládnuť."

„Nie nadlho, Saška."

„Nič nie je navždy. Vy dvaja k sebe určite patríte."

Čo na to povedať, prebehlo mi hlavou.

„Musím ísť, miláčik, vyschla mi maska. Pošlem ti mailom tie fotky. Dúfam, že pomôžu. Daj vedieť, keď bude niečo nové."

Bolo ťažké nemyslieť na všetko, čo som nechal v Európe. Skype bol mojím malým oknom do tak známeho, útulného sveta a pritom takého vzdialeného.

Počas obeda prišiel email s fotkami. Saška ako Bátorička, krásna, desivá, usadená v bielych šatách s dostylovanými krvavými škvrnami. Okolo nej sluhovia, niektorí polomŕtvi, iní sa jedli navzájom, ale všetci vyzerali sexi.

„Yes!" s touto fotkou mi to musí vyjsť. Veronica Madison ju musí zožrať aj s navijakom.

Okolo 18.30 som zvonil pri bráne Dereka a Hillaryho s fľaškou Grey Goose vodky, ktorá ma stála dva dni z môjho amerického rozpočtu, a iPadom. Navlečený od palca na nohe až ku krku v Prade.

Hillary bol nervózny. Prípravy na hostenie A-list celebrity neznášal dobre. Vytrhol mi vodku z ruky, ani bú, ani bé... a prikázal mi vyzuť sa. Nasralo ma to. Precízne nastylovaný outfit nevyzeral až tak skvele bez topánok, hlavne v blbých hviezdičkových ponožkách.

„Poď, musím ti niečo ukázať," Hillary ma zaviedol popri „slávnej" medenej toalete až do velikánskej garáže. Neónové svetlá sa rozsvietili ponad uličkami políc zaplnených stovkami fľaštičiek, škatuliek a túb jeho vlastnej kozmetickej značky.

„Toto je hlavné sídlo, sklad mojej kozmetickej firmy," povedal dramaticky.

Moja angličtina bola dosť dobrá na to, aby som vedel, že to nebolo žiadne sídlo firmy, ale garáž plná krémov na ksicht.

Hillary zobral tubu krému. „Moja kozmetika sa volá Without Years (Bez rokov)." Pchal mi ju do tváre. Pod značkou bolo napísané *Time Machine Souffle*.

„Dá sa kúpiť v obchode?"

„Nedá, do frasa! Toto je najkvalitnejší kozmetický výrobok, aký je možné vyrobiť."

„Myslíš... dostaneš ho do predaja?“

„Veronica bude tvárou mojej kozmetiky a ty mi s tým pomôžeš!“

„Jááá?“ prekvapene som sa spýtal.

„Áno, ty. Vďaka mne budeš pre ňu pracovať a prehovoríš ju, aby používala moju značku. Potom ju privedieš k tomu, aby o nej facebookovala a twitterovala.“

„Ja pracujem s oblečením, som stylista...“

„Máš sa mi za čo odplatiť,“ vyzdvihol Hillary a pod neónovými svetlami vyzeral hrozne dramaticky.

„Naznačím ti vhodnú chvíľu, keď sa môžeš do toho pustiť,“ ceril na mňa zuby. Išiel som niečo povedať, keď niekto zazvonil pri dverách.

„Je tu!“ zakričal Hillary a utekal k vchodu. Šiel som s Derekom. Hillary nás prešpurtoval a začal násilne objímať Veronicu. Derek sa pridal. Veronica bola dlhé sekundy uviaznutá v ich náručiach. Ja som tam len postával v mojich blbých ponožkách ako debil. Veronica komicky gúľala očami a pozdravila ma ponad ich plecia. Vo filmoch stvárňuje hlúpe blondínky, groteskné postavy alebo nadržané ženské.

V skutočnosti vyzerala na prekvapenie veľmi atraktívne v čiernych minišatách a topánkach značky Jimmy Choo. Vyzdvihli jej vysokú postavu. Prevyšovala Dereka aj Hillaryho. Mala skvele upravené, vyžehlené, na blond odfarbené vlasy, opálenú pokožku a veľmi štýlovú vintage bižutériu. Bola milá, netvárila sa ako hviezda, ale aj tak som bol trochu nervózny, keď sme si podali ruky.

Hillary sa v prítomnosti filmovej hviezdy zmenil na nepoznanie. Ona sa vyzuť nemusela. Otvoril pre ňu sekretár plný alkoholu. Brandy, whisky, martini a minimálne dvadsať fliaš Grey Goose vodky!

Derek sa vytratil do kuchyne a Hillary ju upozornil na dom na rohu ulice, ktorý bol na predaj.

„Predávajú ho za milión štyristotisíc dolárov. Veronica, mala by si ho kúpiť.“

„Musela by som predať dom v New Orleans,“ uvedomila si, že ju Hillary prinútil k priznaniu, že nemá toľko prachov, ako si každý myslí. On sa potešil.

„My sme ho chceli kúpiť, kvôli mojej kozmetike nemáme dosť času.“ Hillary na mňa teatrálne žmurkol. Naznačoval, že je čas na nútenú pomoc. Nastalo ticho.

„Ján používa moje krémy Without Years a odporúča ich.“

Veronica neveriacky na mňa pozrela, potom na Hillaryho.

„Používam?“ opýtal som sa veľmi nepohodlne.

„Áno, ten očný krém, čo som ti dal,“ vytiahol tubu Time Machine Souffle zo starých pilates kraťasov. Otvoril ju a podal Veronice.

„Ján ho používa len pár dní. Takmer mu zmizli hrozné vačky pod očami,“ nadvihol mi ofinu a otočil sa k Veronice. Videla mi v očiach, aký som bol prekvapený? Prečo som mu neodsotil ruku a neposlal ho do riti? Neviem. Bola to čudná situácia.

Veronicin iPhone začal vyzváňať. Položila krém na stôl.

„To je tvoj agent?“ opýtal sa Hillary.

„Áno,“ nechala mobil vyzváňať.

„Vieš, ja by som mal byť tvojím manažérom. Dostal by

som ťa viac do telky. Jane Lynch ti je podobná. Je vysoká, vtipná a hviezdi v Glee.“

„Nemám pevnú vôľu ako ona.“

Derek sa objavil s táckou drinkov a podal Veronice suché martini. Iba jej ponúkli drink z baru. Mne a sebe nalievali lacné červené víno.

„Ak by som mala naozaj na výber, určite dám prednosť svojej posteli pred akoukoľvek prácou,“ vyslovila vážne.

Zblízka vyzerala, akoby sa rozpadávala (niečo ako Meryl Streep vo filme Smrť jej pristane). Tvár plná vrások, hlavne okolo úst, a z hlavy jej vytŕčali nadpájané vlasy.

„Keď ťa budem manažovať ja, vrátim ťa tam, kde patríš, do TV.“

Derek a ja sme nemali šancu zapojiť sa do konverzácie. Sedel som tam ako idiot bez toho, aby videla moje portfólio, zatiaľ čo Hillary odprezentoval svoju kozmetiku a navrhol sa za jej filmového agenta. Vybral som z tašky iPad. Vyťahoval som ho z obalu, keď Derek vošiel s táckou omáčok a miskou čipsov.

„Tu to máme. Neobsahujú tuky a len veľmi málo karbohydrátov. Máme tu čierne fazuľky so sójou, biele fazuľky so sójou a sóju s obyčajnými fazuľkami. Dobrú chuť.“

„Wow. Budeme prdieť celú noc,“ zavtipkovala Veronica. Derek a Hillary sa zasmiali cez zaťaté zuby.

Žmurkla na mňa s iskrou v oku.

Prinajlepšom všetko chutilo ako sračka.

Namočila si čips do čiernej omáčky. Na poslednú chvíľu si to rozmyslela a položila ho do popolníka.

Hillary stále dokola omieľal kozmetiku, aká je

fantastická... omylom si namočil čips do očného krému. S Veronicou sme si to všimli a škodoradostne sa usmiali, ale neupozornili sme ho. Bolo to zábavnejšie ako to jeho táranie. Prehltol ho.

„Ako chutí?" spýtala sa Veronica.

„Výborný," nadúvalo ho, „skvelý."

Derek odpratal zo stola.

Veronica vstala. „Prepáčte, musím ísť, mám stretnutie s kamarátkou vo West Hollywoode."

Spanikáril som. Nič o mne nevie, o práci, o mojom stylingu... Nemali sme kedy.

„Pred tým, ako pôjdeš, môžeme sa s tebou odfotiť?" opýtal sa Hillary.

„Jasné," vyzerala naštvane.

Derek vošiel s profesionálnym foťákom, aký majú paparazzi.

„Som si istý, že Ján si ťa chce zvečniť a vylepiť na facebook," snažil sa Hillary zbaviť zodpovednosti za trápny moment. Derek nás odfotil. Veronica sa strácala vo dverách...

„Hej," chytil som sa poslednej šance.

„Som rád, že som ťa stretol. Chcel by som sa s tebou porozprávať o tom džobe, čo si spomínala chalanom. Dáme niekedy kávu? Chcem ti ukázať svoje portfólio. Myslím, že sa ti bude páčiť. Je dosť iné, také nehollywoodske..."

„Samozrejme. Máš papier?"

Vytiahol som zdrap papiera z vrecka, autobusový lístok Turancaru z Nitry, naškriabala mi naň svoje číslo a adresu na druhú stranu.

„Tiež som ťa rada stretla."

„Za kým ideš do West Hollywoodu," Hillaryho ani netrklo, že nás mala iba ako plán B pred svojím večerným stretnutím.

„Mám večeru s kamarátkou. S Lisou Kudrow z Priateľov," zakývala od brány. Veronica používala priezviská iba vtedy, keď išlo o niekoho užitočného v šoubiznise... s priateľstvom to nemalo nič spoločné.

„Vidíš, čo som pre teba urobil?" vyrazilo cez Hillaryho zuby.

„Dám ti vzorky krémov pre Veronicu. Má hroznú pleť, robím jej tým láskavosť."

Tam a vtedy som si uvedomil, že všetko je to len hra v Hollywoode. Každý využíva každého. Hillary ma chcel použiť ako cestu k Veronice Madison. Ten styling džob bol len zámienkou, ako to celé zorganizovať.

Vrátili sme sa dnu.

„Chutila ti večera?" spýtal sa Derek.

Nechcelo sa mi veriť, že tie patetické čipsy a fazuľové omáčky boli večera. Za vodku, ktorú si nakázali, som mohol mať dve večere v skvelom suši bare Hirobi a aj ten najchudobnejší človek na Orave by mi dal lepšiu večeru.

O chvíľu som sa pobral domov za lepším jedlom a pitím.

Pri vyzliekaní mi vypadol autobusový lístok. Neskutočné, mám číslo na Veronicu Madison. Bude z toho niečo? Nevidela moju prácu a určite si myslí, že nemôžem byť normálny, keď sa kamarátim s tými psychopatmi.

Pochopil som, že ak chcem prežiť, musím poraziť Hillaryho v jeho vlastnej hre...

VERONICA MADISON

Dovolať sa Veronice Madison trvalo večnosť, už som nedúfal. Zodvihla mi na tretí deň.

„Hello." Mala zachrípnutý, unavený hlas. Čo som ju zobudil? Bolo po štvrtej poobede.

„Hi, to som ja, Ján... stretli sme sa pred pár dňami u Dereka a Hillaryho."

Ticho... dlhé nič a zase ticho. Prechádzalo mi do kostí. Tŕpla mi hlava. Tá krava mi položila, pomyslel som si.

Konečne sa ozvala: „Hej, ako sa máš?"

Posledné tri dni som bol nonstop nalepený na mobile, kontroloval, či sa nevybil, či mám signál a dosť kreditu. Takmer som nevyšiel z domu, keby mi náhodou zavolala späť a ulice by boli hlučné. Keďže na telefonáty neodpovedala, vzrušenie z práce pre A-list celebritu pomaly opúšťalo moje telo. Zdvihla na môj trinásty pokus. Neviem, či to znamenalo šťastie, alebo problémy. Fakt, že som jej volal toľkokrát, robil zo mňa jej prenasledovateľa (ako v Osobnom strážcovi). Mal som z toho zmiešané pocity. Ale veď ona mi dala to číslo, neveľa prenasledovateľov má ten luxus, nie?

Pomaly som jej navrhol, aby sme sa stretli niekde v súkromí, ja prinesiem výber outfitov a ona si môže vybrať, čo jej padne do oka pre charitatívny večierok. (Chvalabohu, zistil som si, že ten večierok je na podporu zvieracieho útulku. Chcel som jej ponúknuť nádherné štýlové kožené čižmy s kožušinou, ktoré som našiel cez kamaráta, čo styluje Luciu Bílú).

Ticho.

„Skočíme na kávu?" spýtala sa a odchrčala zároveň.

Nevedel som, kde mám navrhnúť, aby sme išli na kávu. Veľmi som kaviarne v Hollywoode nepoznal.

„Čo tak Starbucks?" uvedomil som si, že je slávna filmová hviezda a ľudia by ju tam otravovali.

Ďalšie ticho, ešte dlhšie...

„Poznám jedno miesto... Na rohu Franklin a Cahuenga. Neviem, ako sa volá. Znie dosť mexicky. Stretneme sa tam o hodinu," ukončila hovor.

Do riti. Čo je Cahuenga, Franklin a kde je to? Je to miesto? Je to cesta...? V googli som zistil, že je to roh, kde sa spájajú dve cesty. Los Angeles je postavené ako mriežka. Cesty alebo *boulevards*, ako ich tu volajú, sú dlhé rovné ulice, tiahnuce sa vertikálne a horizontálne. Zo vzduchu vyzerajú fascinujúco ako väzenské okno.

Kaviareň Solar & Cahuenga bola na rohu Franklin Avenue a Cahuengy asi tri minúty pešo od domu.

Prišiel som o trochu skôr. Veronica bola vnútri a bavila sa s malým tučným, plešatým chlapíkom. Teatrálne sa smiala a bola nahodená v štýlových, trištvrťových kaki šatách. Oči zakryté ray-bankami a vlasy sa jej vlnili cez odkryté plecia. Vyzerala *coolovo*.

„Hej,“ ohlásila ma a pritiahla k sebe, aby mi mohla dať *air kiss*. Malý tlstý chlap sa ku mne natočil, predstavil sa ako Harry a perverzne ma prešiel očami od rozkroku po ústa... Otočil sa k Veronice: „Páčil sa ti môj scenár?“

„Ooooh. Bol skvelý, ale nie je pre mňa. Vieš, komu by si ho mal ponúknuť?! Teri Hatcher zo Zúfalých manželiek.“ Napísala mu na dlaň niečo, čo vyzeralo ako kontakt na agenta Teri Hatcher.

„O. k., pošlem ho Teri,“ odpovedal vzrušene s vycerenými žltými zubami, ktoré mal obložené praženicou.

Prešli sme k stolu, kde mala svoje malé espresso.

„Vyskúšaj tento humus,“ podala mi svoju kávu, „to sa nedá piť.“

Celkom mi chutila, ale poslušne som s ňou súhlasil.

„Poďme odtiaľto preč. Viem, kde robia skvelú kávu,“ z podprsenky vytiahla štyri dolárové bankovky a hodila ich na stôl.

Nevedel som, o čom sa s ňou mám baviť, kým sme kráčali k jej autu. Zastavili sme pri veľkom striebornom Porsche Cayenne. Išiel som doň nastúpiť, keď som si všimol, že je celé zahádzané bordelom. Vnútri vyzeralo ako cigánsky kočík pri nedeľnom zbere smetí. Sedadlo pri vodičovi zahádzané topánkami, kabelkami, igelitkami, papierovými pohármi od kávy, účtami, bezpečnostnými vstupmi do filmových štúdií Warner brothers, Sony a Universal. Medzi prednými sedadlami bola veľká kopa škrupín z pistácií, použitých umelých nechtov a množstvo vytrhaných blonďavých príčeskov akoby vyšklbaných z malej barbiny.

Mal som víziu Barbie, ako prišla za Kenom do Hollywoodu, ale miesto jazdy na jeho veľkom umelom koni uviazla vo Veronicinom aute, kde ju prepadli a len tak-tak sa jej podarilo ujsť bez polovice svojich vlasov.

Musel som si vytrepať sprosté myšlienky z hlavy, keď sa mi Veronica prihovorila.

„Naskoč dnu a urob si miesto.“

Zo sedadla som zdvihol červené zamatové Jimmy Choo topánky, ktoré stáli zopár tisíc dolárov, a položil som ich na zadnú sedačku. Veronica schmatla ďalších šesť, sedem luxusných párov a prehodila ich cez plece. Prehodila aj kabelky a papiere. Pokračovala s použitými kávovými pohárikmi. Šľahla ich na snehovo biele louboutinky, zvyšok studenej kávy po nich stekal na podlahu. Buď si nevšimla, alebo ju to vôbec nesralo.

„Sedí sa ti pohodlne?“

Pri mojich nohách niečo vyrastalo cez dieru v pizzovej škatuli, ale tváril som sa akože nič a prikývol som.

Naštartovala auto a uháňali sme cez veľkú križovatku na Cahuenga Boulevard, smer dobrá káva.

Otvorila okno, auto potrebovalo vyvetrať. Nemohol som jej prečítať tvár, stále mala nasadené slnečné okuliare. Odbočili sme doprava a dostali sa do časti Los Angeles, v ktorej som ešte nebol. Bola *coolovejšia* a veľmi chic. Budovy popri ceste žiarili v pestrých pastelových farbách a bolo tam množstvo butikov a kníhkupectiev. Aj keď neviem, ako sa všetky uživia, väčšina Američanov knihy nečíta. V strede stálo krásne art déco kino.

„Ako dlho poznáš toho kamaráta, čo si mu pomohla so scenárom?" Začal som konverzáciu o Harrym, aby som prelomil to trápne ticho.

Zasmiala sa: „To je taký trapoš, čo ma stále otravuje s blbými scenármi, čo pre mňa píše. Ten posledný je o slepej žene, ktorá sa zaľúbi do svojho slepeckého psa."

„Ale veď si mu povedala, aby ho poslal Teri Hatcher."

Začala sa hystericky smiať: „Jasné, že povedala, tú suku nenávidím. Mala som hrať Susan Mayer v Zúfalých manželkách. Ukradla mi tú rolu. Zahrala by som ju lepšie ako ona."

Zastavili sme pri *valet parkingu* (odovzdáte svoje kľúče od auta a chlapík v obleku vám ho zaparkuje, potom za to mastne zaplatíte). Mladý chalan nám odovzdal parkovací lístok, oči mal nalepené na Veroniciných megaprsiach.

„Toto je moja obľúbená kaviareň. Vitaj v Intelligentsii," vošli sme dnu cez namodro vydláždený dvor, popri južanskej fontáne.

Všetci boli chudí, mladí, nádherní a nastylovaní L. A. style. *Coolové* outfity, kde som sa len pozrel. Chalani natiahnutí do *skinny* džínsov, voľných tričiek a doladení modernými klobúkmi. Kočky navlečené do letných, ľahkých minišiat väčšinou s kvetinkovou potlačovou alebo úzkych džínsov a dostylované veľkou bižútériou.

Započul som kúsky rozhovorov o filmových klebetách, scenároch, kastingoch. Bolo to ako na Miletičke, len miesto handier sa predávali ľudia a scenáre. Kto mohol, tak ešte primiešal meno známeho A-list herca, režiséra, scenáristu... Hocikoho, len aby sa mohli lepšie predať.

Všimli si prichádzať Veronicu Madison, ale boli moc

cooloví na to, aby si od nej pýtali podpis. Nálada v kaviarni sa totálne zmenila. Filmová hviezda vstúpila do ich teritória.

Aj vnútro Intelligentsie bolo obložené modrými južanskými kachličkami. Za tmavým dreveným barom syčali veľké strieborné kávomaty. Sexi mladí chalani obsluhovali v dlhom rade čakajúcich sexi zákazníkov. Šóra sa tiahla až von. Pult bol napráskaný čokoládovo-brusnicovými mafinmi, ktoré voňali škoricou, jemným hnedým cukrom a javorovým sirupom.

Taká nádhera a nikto nejedol. Absolútne nikto! Asi im tie lícne kosti a rebrá nenadarmo vyskakujú z tela. Je to tvrdá práca a veľa nejedenia, vyzerať tak podvýživene.

Veronica objednala dvakrát angelinos. Je to zovretá káva, ktorú potom dorobia v šejkri s ľadom a tekutým cukrom. Pretlačili sme sa cez dvor a usadili v rohu. Veronica si dala dole slnečné okuliare. Stratila tým svoj *coolový* imidž. Oči mala červené a popraskané ako po opici, mejkap mala rozmazaný. Pod očami jej viseli veľké vačky. Poškriabala si ich a nasadila späť ray-banky.

„Chcel si mi ukázať nejakú knihu?"

Vytasil som iPad. Bola milo prekvapená, keď si pozrela fotky z fotenia v štýle Alžbety Bathory. Porozprával som jej, s kým, kde a na čom som pracoval v módnom biznise.

„Wow, ty si toho dokázal. Si riadny talent. Ako si sa zaplietol s Derekom a Hillarym?"

Nemal som čo tajiť. Povedal som jej aj o tom, ako chceli, aby som jej nanútil ich kozmetiku.

„Tí chalani mi už riadne lezú na nervy. To je tretíkrát, čo sa ma pokúšajú znásilniť na ich kozmetiku. A to zadarmo!

Filmové hviezdy dostanú za podporu kozmetickej značky milióny. Najlepšie na tom je, keď niekedy ráno stretnem Hillaryho, nikdy nemá poriadne rozotretý krém na tvári, vyzerá, akoby si nemal čas zmyť semeno po fajke. Nemôžem predsa podporovať kozmetiku chlapíka, ktorý ani nevie, ako si ju rozotrieť! Nedôverujem mu.“

Obidvaja sme sa uvoľnili a pobavili na zaujímavých príhodách o Hillarym.

„Potrebujem elegantné čierne kokteilky na ten zvierací večierok. Je to charita so súkromnou aukciou a je o dva dni. Mám jedného chalana. Volá sa Dean, robí mi mejkap. Mal by si sa s ním porozprávať a zosúladiť,“ podala mi jeho vizitku.

Popri nás prechádzala žena v stredných rokoch s mladým chalanom, mal nanajvýš osemnásť. Hľadali niečo v mape a obaja mali viac ako dve percentá telesného tuku, tak som usúdil, že nie sú z Los Angeles.

„Poznáme ťa,“ žena začala kričať. „Lyle! Lyle! Pozri! Veronica Madison! Toto je môj syn Lyle. Milujeme ťa. Pozerávali sme tvoju šou Biff. Páčila si sa nám aj ako sexi mama vo všetkých American Muffin filmoch, Lyle ich pozeráva dokola!“

Veronica sa s nimi odfotila a potom len s Lylom, ako jej zazerá na prsia. Jeho mama sa z toho vytešovala. Vykecávali sa ešte asi polhodinu, kým neodišli.

Veronica tiež musela ísť.

Šoférovala späť cez Sunset Boulevard.

„Musíš si dávať pozor na ľudí v Hollywoode. Videl si všetkých tých blbcov, čo sme dnes stretli a to bol ešte dobrý deň.“

Opäť ma varovala pred Hillarym a Derekom: „Veľmi s nimi nič nerieš, hlavne Hillary je dosť nebezpečný a zlý človek!“

Zastavila pri mojom apartmáne, nahla sa ku mne a pobozkala ma na líce.

„Díky za skvelé popoludnie, Ján, neviem sa dočkať, čo mi vyberieš.“

Doma som sa osprchoval, zapol klímu a zasadol k notebooku. Hneď som šiel na facebook a skontroloval Robiho stránku, fotky... Bol som rád, že si ešte nikoho nenašiel, ale všimol som si, že vymazal moje meno z kolónky „vo vzťahu s“. Napokon niekto z nás sa musel osmeliť a „odstrániť“ toho druhého. Skontroloval som jeho nástenku. Vidím, že je stále na divadelných skúškach. Pár komentárov o ceste na ne. Nejaký holub vraj vletel do vlaku po ceste na Charing Cross a ľudia boli vyplašení. Samé blbosti. Chýbali mi tie blbosti. Pri večeri sme ich zvykli rozoberať. Hrozne som mu chcel porozprávať o stretnutí s Veronicou.

Zapol som skype. Hneď mi došlo, že šesť hodín večer v Los Angeles znamená dve hodiny ráno v Londýne. Cítil som sa veľmi osamelo.

Uvedomil som si, že ani neviem Veronicinu veľkosť. Dobre som si pohrešil, zamiešal negroni (môj obľúbený kokteil z Ríma) a zasadol späť za notebook, aby som mohol vypátrať jej veľkosť a potrebné detaily...

Chvalabohu za internet...

DEAN

Vďaka pánovi Googlovi som zistil Veronicinu výšku. Stoosemdesiat centimetrov je dosť na akúkoľvek ženu, ale v Hollywoode bola gigantom, pamätáte si Golema? Nikdy nehrala vo filme s Tomom Cruisom, vyzeral by pri nej ako lentilka. O jeho výške koluje množstvo hollywoodskych vtipov.

Našiel som si vizitku od Veronicy na jej vizážistu Deana.

Dean sa bez okolkov a stručne vyšantil na Veronice, na veľkosti jej pŕs, pása...

„Má nový nos, upravené prsia, implantát v brade. Tri liposukcie, na riti, bruchu a stehnách. Zo všetkých jej liposukcií mohli vyrobiť ďalšie tri Veronicy."

Spýtal som sa, aký štýl obliekania má Veronica najradšej.

„Honey, keď má žena v Hollywoode nad štyridsať, je to všetko len o ilúzii. Handry musia byť o číslo väčšie, aby sa jej zmestila pod ne sťahovacia bielizeň. S tou horou tuku sa nedá veľmi čarovať, nikdy z nej neurobíš chudú, špeciálne nie v Hollywoode, kde kraľujú anorektické suky s veľkosťou 0. Musíš sa sústrediť na jej megaprsia, veľké vlasy a dlhé chudé nohy. Odpútaj pozornosť od veľkej, tlstej riti, morčacieho krku a vačkov pod očami."

„Si na ňu moc tvrdý, nie je na tom až tak zle," zastal som sa jej.

„Hollywood je tvrdý. Ona nie je človek... ona je produkt!"

Nevedel som na to odpovedať, bolo mi Veronicy ľúto. Poďakoval som za rady a zrušil hovor.

V nadchádzajúcich dňoch mi došlo, ako veľmi je potrebné mať v Los Angeles auto. Hrešil som ako hovädo. Los Angeles je neskutočne roztiahnuté. Do nekonečna... Mestská doprava je celkom fajn a lacná, ale nerovnomerne rozložená. Nebol problém dostať sa do vintage butikov v Silverlake a Melrose Avenue. Doplahočiť sa do Venice beach alebo Manhattan beach bolo nočnou morou, takmer nemožné. Musel som naskočiť na tri busy a prešliapať kilometre medzi zastávkami. Busy boli plné týpkov, čiernych gangov a upratovačiek, niežeby mi vadili, ale nikdy som nemal istotu, že z nich vystúpim v jednom kuse. Na tretí deň handrových naháňačiek, po ďalšom niekoľkokilometrovom prestupe v mojich úžasných, ale tesných pradách, som naskočil na bus s horou tašiek a uložil sa do posledného voľného sedadla. Zacítil som, ako sa niečo dotýkalo môjho lýtka. Pozrel som dole a na moje džínsy sa tlačilo obrovitánske biele lýtko. Vedľa mňa sedela žena v stredných rokoch napasovaná do dlhého špinavého trička. Od pása dole nemala nič. Jej holý zadok sa opieral o môj oblečený. Uškrnula sa na mňa, mala posledných pár zubov a prdla si riadne nahlas a sračkovo. Vstal som a pretlačil sa cez ľudí ďaleko od tej svine. Nadulo ma, skoro mi obed vyšiel hore krkom na luxusné handry, ktoré som niesol filmovej hviezde.

Doma som pridal nové handry na dlhý vešiak k tým ostatným Veroniciným. Usadený na koberci pred kreslom som si predstavoval, ktorý z outfitov bude vyzerať na Veronice najlepšie.

V obchodoch som vydal zo seba všetko, len aby som požičal alebo kúpil šaty s „hviezdnou" zľavou. Nakoniec ma dvadsať úžasných šiat vyšlo niečo nad päťtisíc dolárov, lepšie povedané moju kreditku. Bolela ma z tej sumy hlava, ale nechcel som dosrať svoj prvý hollywoodsky džob.

Zazvonil mi mobil. Hillary. Nezdvihol som, nech mi nechá odkaz. Posledné dni vyvolával veľa, choro veľa. Griloval ma o stretnutí s Veronicou a tlačil k nanúteniu Without Years. O päť minút volal zas. Musím uznať jeho nekonečnú vytrvalosť. Mal som mu povedať, že ju nebudem otravovať s jeho kozmetikou a poslať ho do kelu. No múdro vo mne vyvolával vinu a vďačnosť. Nakoniec som mu povedal, nech zavolá do agentúry William Morris, ktorá zastupuje Veronicu (do hereckých agentúr v Hollywoode sa nedá takmer nikdy dovolať).

Keď mi volal po tretíkrát, šmaril som mobil pod vankúš na gauči a šiel si napustiť vaňu. Vrátil som sa do obývačky po negroni, mobil stále vyzváňal. Vypol som ho.

V horúcej levanduľovej vode som si máčal ubolené svaly

z toľkého chodenia. Vtom som začul klopkanie na mojich dverách. „Hej, Ján, to som ja, Hillary."

Skoro som sa utopil pri zvuku toho piskľavého hlasu. Ako sa dostal cez dvor k dverám? Musel preskočiť cez elektronickú bránu, chuj. Zostal som ticho. Chvalabohu, pred kúpaním som vypol všetky svetlá v obývačke.

„Jáááán, si doma? Halóóóó... si tam? Si na záchode? Čúraš?"

Pre boha živého, čo mu drbe? Čo je psychicky narušený?

Na chvíľu zostalo ticho, nehýbal som sa, aby ma nepočul. Odišiel.

Vrátil som sa do vane a ešte sa hodinu špľachtal.

Natiahol som si župan a išiel skontrolovať poštovú schránku. Otvoril som dvere a takmer som vyskočil z vlastnej kože. Hillary sedel na schodoch, dokonca si priniesol vankúš pre pohodlie. Vstal a podal mi veľkú tašku plnú jeho blbej Without Years kozmetiky.

„Ján, hi... Dovolal som sa Veronicinmu agentovi do William Morris agentúry. Kázal mi, aby som tie krémy dal Veronice."

Len som na neho šokovane a vyplašene zazeral.

„Nie je doma, vyzváňal som jej pri dome a nedal sa ani preliezť múr," objasňoval, prečo som bol jeho obeťou ja a pozýval sa dnu.

„Kúpal si sa, hm...?"

„Áno, po dlhom pracovnom dni. Chystám sa spať."

„Asi si mi dosť vďačný za ten džob? Hm? Rád pomôžem, keď sa dá. Som proste taký..."

„Jasné. Ešte raz vďaka... Určite jej odovzdám tašku. Dobrú noc."

Hillary sa uškrnul, vytasil umelé zubiská „Nezabudni, určite jej to odovzdaj!"

Konečne mu došlo, že som unavený. Pozdravil sa a odpochodoval dole schodmi aj so svojím vankúšikom.

Zatreskol som dvere. To je ale riadny psychopat.

A to som nemal ani šajnu, čo ma s ním ešte čaká...

CHARITA

Veronica sa mi ozvala na druhý deň. „Hillary volal môjmu debilnému agentovi Chuckovi do William Morris a prezentoval svoju sprostú kozmetiku. Vystrašil Chucka tak, že nevedel povedať nie. Musím sa teraz tváriť, akože ju skúšam a raz začas kontaktovať Hillaryho s poznatkami.“

„Myslel som, že agenti sú nedostupní tvrďasi.“

„Ja tiež. Chuck pustil do gatí a teraz si to zlíznem ja, dofrasa! Platím mu 15 percent z príjmov, aby sa vedel postarať o sráčov ako Hillary.“

„Nemôžeš sa z toho nejako vyzuť?“

„Niečo vymyslím. Zahrám alergickú reakciu z krémov.“

Na druhý deň bol deň D. Zvieracia charita v Bel Air.

Veronica sa nechcela chystať vo svojom dome. Rezervovala izbu v hoteli a dohodli sme sa, že ma vyzdvihne po ceste o druhej poobede.

Nachystal som vešiak s outfitmi a začal sa obúvať tesne pred druhou. O druhej sa nedostavila a ani o tretej. Zavolal som jej a nechal odkaz, neskôr ďalší a ďalší... Začal som stresovať. O piatej konečne dorazila. Prišla autom až do dvora. Ja som zišiel dole s vecami. Ona sa neunúvala, len vysedávala v aute a napchávala hranolčekmi z McDonaldu. Ani sa neospravedlnila. Navlečená bola v zapráskaných sametových teplákoch, mejkap rozmazaný po celej tvári a nadpájané vlasy mastné a popletené. Mal som dve hodiny, aby som z nej urobil Veronicu Madison. Chcel som otvoriť dvere do auta, ale predné sedadlo bolo celé zahádzané humusom. Kopa bola väčšia ako naposledy. Vnútro páchlo McDonalďáckym smradom. V zadnom kufri šaleli jej dva psy, skákali do okien a bláznivo vyškrabovali, čo sa dalo.

„Hej! Neprekáža ti, ak budeš sedieť vzadu? Mám tu toho dosť...“

Nastal hrozný brechot. Veľký béžový strapatý pes napadol malého čierneho.

„Frankie, fuj,“ odpásala sa a prešplhala cez medzeru medzi sedadlami, ťahala strapatého psa od malého bolestivo zavýjajúceho. Veronicin zadok bol zaseknutý medzi sedadlami a z teplákov jej viseli dva usedené hranolčeky. Snažila sa upokojiť psy.

„Daj si veci dozadu.“

Prešiel som naokolo a otvoril dvere. Sedadlá boli zahádzané a jeden zo psov sa vysral na podlahu.

Ticho.

Nevedel som z hovna odlepiť oči. Čo mám urobiť?! Je to moja klientka a filmová hviezda. Je v popise práce čistiť po psoch? Rozhodol som sa, že nie. Som stylista a nie hovnivál.

„Máš nejaký problém vzadu?“ upokojila psy a bola späť za volantom, kde si namáčala hranolčeky do veľkej ľadovej kávy.

„Hm... jeden zo psov sa vzadu...“

„Čo urobil?“

„Hm, jeden zo psov sa tu vysral.“

Vyšla von z auta a prešla za mnou dozadu.

„Oooh, dve hodiny som ich venčila,“ dlhé minúty sa prehrabávala medzi kabelkami a topánkami. Zistila, že jej hranočelky visia z teplákov a nakŕmila nimi psy. Nakoniec vyhrabala prázdny pohárik od kávy a vyškrabala ním hovno, ktoré bolo o trochu väčšie ako pohár. Nevedel som, kde sa pozerať. Celé to bolo nechutné a divné. Stál som tam s luxusným oblečením pre A-list filmovú hviezdu, ktorá vyškrabávala psie sračky, fakt idylické.

Veronica natlačila hovno do pohárika a uzavrela vrchnákom. Dierkou sa trochu pretlačilo na jej prsty, čo si nevšimla.

„Mám to zahodiť do smetí?“ ponúkol som sa, keď ukončila čistiace práce.

„Nie! Je to môj bordel.“

Po tom, čo som dnu natlačil vešiaky s handrami na pozostatky z New York Post, som sa šiel konečne usadiť. Veronica vypisovala na dotykovom iPhone, pohár so sračkou bol uložený do držiaka na kávu pri prednom skle a zapĺňal auto smradom. Psy sa išli zblázniť, keď som otvoril dvere. Frankie štekal ako besný a snažil sa preskočiť sedadlo, aby ma mohol pohryznúť.

„Sú v poriadku?“ preľakane som sa spýtal.

Veronica váhala ako väčšinou, keď sa mala k niečomu vyjadriť: „Vieš, ony sú na mňa hrozne naviazané a stále ma ochraňujú, asi by sme sa mali stretnúť v hoteli. Je na úpätí kopca. W hotel. Zanesiem domov psy a prídem.“

Odfrčala.

Veronice sa uráčilo dostaviť do hotela o 18.15, o štyri hodiny neskôr, ako sme sa dohodli. Chvalabohu, bola aspoň osprchovaná, ale z vlasov jej ešte stekala voda. Prišla v niečom, čo sa podobalo na nočnú košeľu a veľkých slnečných okuliaroch. Čakal som na ňu v hotelovom bare pri jablkovom martini. Bohvie, že som ho pri nej riadne potreboval. W hotel je nový hotel v Hollywoode, veľmi moderný zvonku a elegantný vnútri. Príchodová hala je vysoká ako šesťposchodový panelák. V bare sa nado mnou hompáľali obrovitánske sklenené gule, každá väčšia ako auto, viseli z červených stužiek. Zatočené schodište pokryté červeným kobercom sa spúšťalo z najvyššieho poschodia až do vestibulu. Veronica vstúpila do hotela ako filmová hviezda. Okuliare si nechala na očiach, aj keď slnko sa s ňou rozlúčilo ešte pred hotelom a ospravedlniť sa za štvorhodinové meškanie ju ani netrklo...

Chlapík v hotelovej uniforme nás zaviedol do krásnej izby. To, že izba bola úžasne luxusná, jej netrhalo žily, sralo ju, že hviezde, akou je ona, nedali penthouse alebo aspoň najdrahšie šampanské chladené v striebornom kýbliku. Ja som bol nadšený zo super výhľadu na Hollywood Hills a z popíjania Möetu. (Aj v tom bol rozdiel medzi chalaniskom, ktorý vyrastal v komunistickom Československu a americkou kapitalistkou.) Hotelový poslíček priniesol pohyblivý vešiak s outfitmi a putovalo mu dvadsať dolárov z Veronicinho výstrihu.

Človeku potrvá, kým si zvykne, že v Amerike sa musí dať tringelt za všetko. Aj keď si prdnete na ulici, počítajte s tým, že vás bude niekto naháňať, aby ste mu dali pár dolárov.

Chcel som sa pustiť do práce, keď niekto začal vyklopkávať na dvere.

„Otvoríš?" oznamovacím tónom požiadala Veronica, roztiahnutá v kresle. Vo dverách stál vychudnutý chlapík v tielku. Obidve ruky mal kompletne potetované, každý milimeter pokožky bol zahalený v červených, zelených a modrých kvetinových vzoroch. Vlasy mal zafarbené načierno ako havran, vyžehlené a sčesané nadol cez pravé oko. Pripomínal mi piráta. Nad ľavým okom mal tri pírsingy, v nose veľký kravský a dva v hornej pere. Bol to Dean, vizážista, ktorý mi cez mobil dával rady na stylovanie Veronicy.

„Pozri na toto!" vytočene zapišťal a pchal mi do ksichtu obrazovku svojho iPadu.

„Ja som umelec," na fotke bola Veronica v čiernych Roland Mourret šatách a jeho skvelom mejkape. Táto sexi verzia štýlovej filmovej hviezdy mala ďaleko od tej starej ženskej s mokrými vlasmi, vykysnutej v hotelovom kresle.

„Neurobil som z teba krásavicu, honey?" vyšlo z Deana.

Veronica si nadvihla okuliare a natlačila tvár na obrazovku.

„Je slepá bez dioptrií," uškrnul sa ironicky.

„Čo to bolo za akciu?" spýtal som sa.

„Veronica bola tvárou M&M cukríkov s kokosovou príchuťou," na iPade bola Veronica v objatí s veľmi nadrozmerným hnedým M&M cukríkom.

„Aj takéto trápne kšefty musí človek robiť, aby mal na

platenie účtov,“ Dean si vybaľoval šminky a vyťahoval žehličku na vlasy.

Veronica listovala iPadom a pozerala ďalšie fotky s nadrozmernými cukríkmi, ktoré boli smutným obrazom jej upadajúcej kariéry. Ja som len postával pri navešaných outfitoch ako debil, nevedel som, ako sa mám tváriť, čo na to povedať. Dean vytiahol malý štvorcový obal z vrecka a postavil sa na stoličku. Otvoril ho zubami a vytasil z neho kondóm. Z čierneho nalakovaného nechta mu visel ako hadia koža.

„Potrebujem si zapáliť,“ natiahol ho na dymový alarm.

„Vyzerala som tak dobre,“ povedala Veronica, obzerajúc sa na iPade.

„Jediné, čo k tomu poviem, honey, vďakabohu, že si šla na tú džúsovú diétu a donútili sme ťa schudnúť tak, aby si bola menšia ako tie megacukríky,“ Dean pripaľoval tri cigarety. Jednu podal mne a ďalšiu strčil Veronice do zívajúcich úst. Veronica vyzerala zdevastovaná z Deanových komentárov.

„To je to tvoje brucho, zlatko...“

„Čo máš proti môjmu bruchu?“ opýtala sa a chytala si slaninu.

„To tvoje brucho je ako veľký pes, ktorého by som najradšej skopal,“ fúkol jej dym do tváre.

„Len žartujem, psa by som nikdy nekopol. Čo to máš dnes za akciu?“

„Charita. Podpora zvierat držaných na farmách proti svojej vôli,“ odvrkla.

„A je za hodinu,“ pridal som vystresovaný.

Dean vybral z Veronicinho výstrihu dvadsať dolárov

a podal mi ich. „Drahý, budeš taký milý a skočíš nám po kávu? Mne zober nízkotučné sójové karamelové frapé s extra šľahačkou a dvomi sacharínovými cukrami a extra horúce. Pre McTučného tučka...,“ pozrel sa na Veronicu, ktorá sa obdivovala v čajovej lyžičke, bez vnímania toho, čo sa dialo v izbe, času a zhonu, „... zober radšej nízkotučné amerikáno.“

„Nemám čas, Dean, musím ju obliecť a pripraviť,“ povedal som cez zaťaté zuby.

„Pozri, Ján. Jaaan. Ja ju poznám lepšie ako ty. Zatiaľ ju namaľujem a keď sa vrátiš, vtlčieme ju do jedných z tvojich,“ natočil sa k vešiaku so šatami a prehrabal sa v ňom, „bože, ty si fakt dosť dobrý!“

Pozrel som sa na Veronicu, ktorá si vytrhávala nadpojené vlasy ako ženská v pezinskom psychiatrickom ústave a rozhodol sa, že čerstvý vzduch mi len prospeje.

Vrátil som sa o dvadsať minút a v izbe panovala úplne odlišná nálada. Veronica so sexi mejkapom a vyčesaných pačesoch, nachystaná v sťahovacích nohavičkách od pŕs ku kolenám à la Bridget Jones a push up podprsenke... bola v tom taká natlačená ako plastelína v pivovom pohári.

„Hej,“ nemohla sa ani pohnúť.

Dean vyšiel z kúpeľne s tromi pohármi na šampanské.

„Hej, Jaaan,“ podal mi pohár, „pozrime si tie tvoje outfity, čo si nám priniesol.“ Prešli sme celým vešiakom, Veronica sa pohybovala ako klobása v parochni. Všimol som si, že sa bála mať vlastný názor na čokoľvek. Tak to bolo aj s výberom šiat, pri každých hodila čudesný poloúsmev s grimasou a pátrala po tom, čo si myslíme. Raz súhlasila s mojím názorom, raz s Deanovým.

S Deanom sa mi pracovalo celkom fajn, hádzal komplimenty k môjmu výberu a nechal ma v plnej kontrole. Nakoniec som sa rozhodol pre strieborné minišaty, ktoré sa trblietali pri každom dotyku so svetlom a skombinoval som ich s najvyššími striebornými louboutinkami, aké som našiel. Vyzerala bombasticky. Sťahovacia bielizeň jej zázračne sformovala postavu a upravené nadpojené vlasy a úchvatný mejkap z nej urobili tú slávnu Veronicu Madison.

Prehrabala sa v novej kabelke Louis Vuitton a vytiahla šekovú knižku.

„Koľko stáli všetky šaty?"

„Päťtisíc dolárov."

„Kúpim ich od teba všetky, milujem tvoj výber a za prácu ti dám ďalších tisíc," vypísala mi šek na šesťtisíc dolárov.

Dean dostal svoj šek a nezostal ani o sekundu dlhšie. Pobozkal Veronicu, objal ma a už ho nebolo.

Limuzínou, ktorú charita po nás poslala do hotela, sme sa rútili vo veľkom tichu do Bel Air. Minibar bol plný a kávovar naparený. Musel som sa udržať, aby som si nenaplnil vrecká malými fľaštičkami Absolute vodky a cukrami. Je ťažké bojovať proti slovenskej náture.

Veronica nemala chuť na nič a len pozerala von z onka: „Dean je fajn. On jediný mi dokáže povedať pravdu do tváre. Myslím, že ti už došlo, že je moja kariéra v troskách, momentálne."

Čo na to povedať?

Ticho.

Bal Air je v kopcoch západnej časti Los Angeles. Je

zastavané neskutočne veličiznými vilami, ktoré sa schovávajú za obrovitánskymi stromami a kríkmi ďalej od cesty. Máte pocit, akoby ste boli na vidieku, aj keď ste len pár minút od Hollywood Bouelvard.

„Nie sú tu vôbec chodníky," snažil som sa pretrhnúť dlhé ticho.

„To aby sa sem ľudia nechodili prechádzať!"

„Ľuďmi myslíš chudobu?" zavtipkoval som.

Veľmi vážne, súhlasne prikývla. Na to, aké vtipné postavy hráva vo filmoch, je prekvapivé, že absolútne nemá zmysel pre humor.

Zabočili sme na dlhú súkromnú cestu a prešli okolo húfu ľudí, ktorí to mali nasmerované ne našu akciu. Niektorí nahodení do gala, ale aj takí, čo vyzerali ako hipíci bez peňazí. Dostali sme sa na okrúhly príjazd pred biely palác s vežami a kostolnými oknami. Komorník poverený parkovaním áut nazúrene skočil k oknu.

„Hej, ste slepí, tu sa neparkuje!"

Veronica stiahla tónované okno a pozrela na neho ponad slnečné okuliare: „Dobrý večer."

„Slečna Madison, vitajte," zistením, o koho ide, sa zmenil na riťolízača, „dobrý večer aj vám."

Otvoril jej dvere a ona naskočila do postavy filmovej hviezdy: „Toto je môj priateľ Ján."

Chlapík mi zatriasol rukou navlečenou do bielej hodvábnej rukavice a podal nám dva páry bielych papierových našuchovacích papúč. „Na želanie nášho dnešného hostiteľa Jamesa môžu hostia vstúpiť do jeho domu len v nich." Veronica na ne s údivom zírala. Boli také, aké sa u nás nosia v nemocnici.

„Nemám hrozno ani dezert, nevadí?“ ironicky som poznamenal.

„Ooooh, chlape, že to nemyslíte vážne?“ podráždene poznamenala, pozerajúc na svoje vysoké strieborné louboutinky. „Moje šaty vyzerajú skvele vďaka týmto šteklám.“

„Ako som už povedal, James si neželá žiadnu obuv vo svojom dome,“ odvrkol nám komorník, ktorý sa nám snažil vytrhnúť topánky z rúk.

„Ruky preč, drahý! Naša obuv zostáva v limuzíne,“ šmarili sme ich do auta.

„Neznášam takéto skurvené správanie, teraz vyzerám ako taká piča,“ zamrmlala si pod nos. Chcel som sa hrozne smiať, ale nasralo by ju to ešte viac.

Keďže som sa nepoučil z ponožkovej situácie u Hillaryho a Dereka, opäť som tam stál v trápnych ponožkách. Veronica vyzerala smiešne v nemocničných papučkách, ktoré urobili zo šiat nočnú košeľu.

„Čo myslíš, papuče alebo naboso?“

„Jednoznačne naboso, budeš aspoň vyzerať ako *coolová* hipisáčka,“ zapáčilo sa jej to a dnu išla v trochu zlepšenej nálade.

Dom bol hrozne luxusný a hrozne gay. Z práce pre bohatých Američanov som sa naučil, že si domy zariaďujú tým najneprakticejším nábytkom a potom celý život stresujú, aby niečo nezašpinili alebo nevyliali niečo na koberec. Celý domisko bol biely, bez predeľovacích stien, iba jedna nekonečná izba, také niečo ako výstavná hala na Agrokomplexe. Na bielych stenách viseli obrazy holých černochov. Čierna bola jedinou, spartakiádne povolenou farbou v dome. Černosi pózujúci na pláži, černosi v mori, černosi na horách... Fotelky a stoličky boli biele, tak ako aj podlaha zahalená snehovo bielym kobercom. Dve pekné baby zbierali topánky a hromaždili ich na kopu pri dverách. Hostia zaplatili tristo dolárov (6 000 Sk) za lístok za privilégium byť na charitatívnej akcii, no správali sa k nim ako k bezdomovcom v cezpoľnej kuchyni.

„Jedzte nad tanierom, máte nárok na jeden free drink a nevylejte ho," dávali baby inštrukcie.

Pri vchode Veronicu prepadli dvaja novinári. Chceli rozhovor s hviezdou večera. Niekto ma vytlačil stranou, tak som sa sám pobral dolu schodmi, kde sa odohrávala párty. Keď som vkročil na koberec, všimol som si, že to nie je koberec, ale množstvo pospájaných bielych kožušín. Bez hanby som si vyzul ponožky a s božským pocitom prechádzal po nenormálne hebkom povrchu, pripomínal mi kožuch mojej babky. Sloboda zvierat by sa tu mohla riadne vyšantiť, večer ničím nepripomínal boj za práva farmárskych zvierat.

Zadná stena domu bola celá zo skla. Prešiel som pomedzi „milovníkov zvierat", ktorí sa napchávali vegetariánskymi lahôdkami, na terasu. Bola obrovitánska, zabudovaná do strmého kopca a vypínala sa na vysokých železných pilieroch. Vyzerala ako platforma, z ktorej čerpajú ropu (niežeby som mal s ťažbou ropy nejaké skúsenosti). Pri stene bol malý bar, objednal som si dvojitú vodku a zakotvil na okraji zábradlia. Užíval si pohľad na osvietené Los Angeles tiahnuce sa do nekonečna, na oceán, kde bolo vidieť ružový západ slnka nad ostrovom Catalina... Toto bola jedna z mnohých chvíľ, keď som si želal, aby stál

Robi pri mne. Večernú oblohu na opačnej strane mesta rozsvietil extravagantný ohňostroj. Moje zamyslenie bolo prerušené potľapkaním na plece.

Otočil som sa a stála tam útla blondínka s obrovským svalnáčom. Technicky k sebe pasovali, obaja mali neprirodzene vybielené zuby a vytŕčajúce lícne kosti. Ona mala megaprsia a on sa tiež nedal zahanbiť megahruďou. Niečo im však chýbalo, za modrými krištáľovo žiariacimi očami nebolo nič iba prázdno! Baba sa volala Mindy a jej muž Hoyt. Bez nabádania mi porozprávali celý životný príbeh. Ako kedysi žili v štáte Texas, v mestečku Dallas, vážili každý 136 kíl a každé tri týždne zožrali celú kravu. Potom sa Mindy jedného dňa ozval Boh a povedal jej, že nie je správne, aby jedávala živé bytosti. Na druhý deň prestali jesť všetko, čo sa hýbe a schudli spolu 120 kíl.

„Prišli sme do Los Angeles zvestovať naše posolstvo," povedal Hoyt a podal mi vizitku.

„Jedenie živých tvorov nie je božské," dodala Mindy.

„Čo teraz jedávate?" spýtal som sa „božích" poslov.

„Ovocie, zeleninu a obilie," odpovedal Hoyt.

„A tie nežijú? To, že rastú, neznamená, že žijú?" uťahoval som si z nich s vážnym ksichtom. Z tvárí sa im pominul božský pohľad, viac nebolo treba. Rýchlo som zdúchol, keď sa začali hádať, čo žije a čo nemôžu jesť.

Sem-tam som skontroloval, ako sa darí Veronice a zaniesol jej drink. Bola obliehaná množstvom ľudí, ktorí sa snažili, aby si prečítala ich filmový scenár alebo sa s nimi odfotila, alebo sponzorovala somára, slona alebo pštrosa.

Šiel som si pozrieť ďalšie časti domu. Na nižšom poschodí bol veľký bar, kde pokračovala kožušinová podlaha, tiahla sa po stene, až zakrývala aj plafón. Zo stien viseli krištáľové jelenie hlavy. V bare obsluhovali vymakaní chalani hore bez a dole v napasovaných džínsoch.

Pristúpil ku mne malý, vychudnutý, slizký piadimužík.

„Hi," podával mi malú ruku zdeformovanú na slepačiu, „som James, ako sa ti páči dom?"

Chcel som povedať, že je gýčovo prehnaný a snobský, keď nás prerušila žena v päťdesiatke, vo vlasoch s niečím, čo vyzeralo a smrdelo ako mačacie hovno. Riťolezka mu narozprávala, aký je jeho dom úchvatný. Po jej odchode sa James otočil a podal mi vizitku.

„Urob mi službičku a prehovor Veronicu, aby sa zapojila do našej ďalšej charity. Chceme nazbierať peniaze a poslať Paris Hilton do Číny, aby zachránila nejaké psy. Vieš, že Číňania jedávajú psy?" Ešte desať minút ma otravoval tým, ako neznáša Číňanov, ako dal za krištáľové jelenie hlavy 100 000 dolárov za kus a vyrobila ich Vera Wang. Chcel som mu pripomenúť, že Vera Wang je Číňanka, keď nás ohlásil hlas upozorňujúci k nadchádzajúcim príhovorom na hornom poschodí.

Ľudia sa zhromaždili okolo schodiska tiahnuceho sa od predných dverí. Prvým rečníkom bol scenárista, ktorého som nepoznal a mal som dojem, že nemal šajnu, o čom celá charita bola. Nepreukazoval nijaký súcit, chladným hlasom táral o tom, ako ľudskejšie by sme mali zabíjať zvieratá určené na konzum. Na sebe mal veľmi drahý kožák z All Saints obchodu. Asi tridsaťpäťročná podnapitá ženská držala pod pazuchou vypchatú kravu a začala vykrikovať na scenáristu: „Vrah, vrah, hanbi sa!" vytiahla fľašku kečupu, ktorý naňho chcela šmariť. James zavolal ochranku a odstránili ju predtým, ako stihla otvoriť kečup. Nikto si ju nevšímal a len tlieskali rečníkovi, ktorému odpustili porušovanie zvieracích práv, keďže bol známym scenáristom známej televíznej šou.

Veronica sa ku mne pritisla a jemne mi stlačila ruku, usmial som sa na ňu, ona mi úsmev vrátila a pregúľala očami v duchu, aké je to tu šialene sprosté. O pár sekúnd ju ako patrónku charity vyzvali k príhovoru. Vyšla schodmi, podporená burácajúcim aplauzom. Kým sa doteperila hore, bola v slzách a rozprávala, ako ju zlé zaobchádzanie so zvieratami devastuje. Búšila si do pŕs a dávala kázeň o tom, ako sa máme všetci správať ku kravám, k prascom, ku kozám... ako prebdie množstvo nocí kvôli zvieracej nespravodlivosti... Bol to kus skvelého hereckého výkonu. Škoda, že postavy, ktoré hráva vo filmoch, nie sú viac ako táto v príhovore, ale majú len sexuálny podtón s vtipmi o prdoch. Je veľmi dobrá vo svojom odbore.

Medzi hosťami som si všimol zívajúceho Mobyho a po príhovore jej zagratuloval.

„Ďakujem. Musíme odtiaľto hneď vypadnúť. Tamten chlap sa mi snaží predať týraného slona.“

„Chceš slona?“ opýtal som sa.

„Nie!“

„Tak prečo proste nepovieš, že nemáš záujem?“

„Nemôžem povedať nie, na hoollywodske hviezdy, ako som ja, je veľký tlak z charít. Keby sa ľudia dozvedeli, že nechcem kúpiť slona z útulku, poškodilo by to môj imidž.“

„A som si istý, že sa ti ani nezmestí do záhrady,“ zavtipkoval som.

„A určite by ho moje psy nemali rady,“ povedala vážne,

opäť mi potvrdila, že vtipná bola iba vo filmoch, kde to mala napísané v scenároch.

„Ďakujem za všetko, čo si pre mňa dnes urobil, hlavne za psychickú podporu," vydýchla si v limuzíne po ceste domov.

„Dnes si aspoň videl, ako dokážem ovplyvniť veci v Amerike vďaka tomu, že som celebrita. Týrané zvieratá sú môjmu srdcu najbližšie. Týranie je to najhoršie, čo môže nejaký hajzel urobiť! Najhoršie! Je mi zle z pomyslenia na to, ako je tým chúďatkám ubližované. Chce sa mi z toho grcať. Grcať!"

Začala sa hrať so svojím iPhonom a čierny kocúr prebehol pred limuzínou... Nastal hrozný mňaukot a buchot pravého predného kolesa. Kocúra nebolo a Veronica si to ani nevšimla.

Šofér ma vyhodil pred mojím apartmánom po desiatej večer.

„Majú ma kontakovať ľudia z nového filmu, v ktorom budem hrať," vystrčila sa cez okno a bozkala ma na líce.

„Natáča sa v decembri vo Vancouvri. Chcem ťa pri natáčaní, chcem, aby si pre mňa pracoval a robil zo mňa to, čo dnes. Všimla som si, že po mne išlo viac chlapov ako zvyčajne. Videl si, ako slintal Moby? Máš záujem?"

„Ááááááno," vyprskol som vzrušene!

„Výborne, zavolám ti s detailmi."

Limuzína sa stratila v tmavej noci a ja som od veľkého vzrúša tancoval na chodníku pred bránou. Budem stylista v hollywoodskom filme! Jupí!

Prvýkrát od príchodu do Hollywoodu som sa naplno tešil, že som tu...

FILMOVAČKA VO VANCOUVRI

Celú noc som nemohol zaspať, bol som vytešený ako malé decko v socializme, ktoré išlo na dovolenku do Juhoslávie. V hlave som už míňal peniaze, ktoré si zarobím na filmovačke v Kanade. V mysli som praktizoval rozhovory pre slovenských novinárov, hovoril som v nich, ako sa mi v Hollywoode podarilo preraziť ani nie mesiac po príchode. Proste, bol som hotový...

Na druhý deň ráno som obvolal všetkých známych a oznámil im skvelú novinu. U maminy na skype bola sestra s neterkou a so synovcom, obvolal som celú Nitru, Bratislavu a volala som aj Saške do Londýna.

Saša ma ako obvykle vrátila z oblakov na zem: „To je skvelé, Janko. Čo máš v kontrakte?"

Ticho.

Žiaden som nemal.

„Dal si im všetky info potrebné na víza do Kanady? Tam víza potrebujeme."

Ticho.

„Radšej si všetko pozisťuj. Teším sa z tvojej noviny, Janko!"

Vytáčal som Veronicu, ale nezdvíhala. Nechal som jej odkaz, kde som zisťoval všetky detaily na filmovačku. Prešiel som sa k novinovému stánku na konci mojej ulice a kúpil obľúbený magazín The Hollywood Reporter. Nalistoval som stranu s filmovými oznamami a našiel nasledujúce: Hviezda filmov American Muffin Veronica Madison sa upísala v hodine dvanástej ako náhradníčka do komédie Katastrofa 5. Zahrá si postavu Dolores Nobgobbler. Piate pokračovanie filmu sa začína natáčať zajtra vo Vancouvri a Veronica v ňom nahrádza Mandy Moore, ktorá opustila filmovanie za neobjasnených okolností.

Utekal som domov, kde som si zabudol mobil. Žiadne odkazy, nič, nič, nič... Volal som jej znovu a znovu a znovu... Bolo po štvrtej poobede a stále nič, veď máme začať zajtra s natáčaním. Dovolal som sa jej po sedemnástej, práve sa len prebúdzala.

„Gratulujem k filmu, Veronica."

„Práve som čítala," zachronťala.

„Jan, prebuď sa, čo si nevidel prvé štyri pokračovania Katastrofy? Sú hrozné! Postava, ktorú budem hrať, nemá zuby a miluje dávať fajky. Som zahrabaná v nechutnom moteli vo Vancouvri a mrzne tu."

„Ty si už v Kanade?" snažil som sa neznieť prekvapene.

Dlhé ticho. Veľmi dlhé ticho.

„Haló, si tam?"

Odchrapčala si: „Preboha, cítim sa trápne. Ale vravela som, že len možno mám nejakú prácu pre teba."

„Nie," kontroval som pokojne, „povedala si, že určite máš pre mňa džob, ak tento film dostaneš."

„Hmmm... nevedela som, že oni majú svojich ľudí. A všetky moje kostýmy sú ako na stareny, takže by si tu nemal čo..."

„Veronica," tváril som sa akože o. k.

„Počúvaj, musím ísť. Vidíme sa v novom roku," počul som len kliknutie jej mobilu, ako ma zrušila.

Nevedel som spustiť zvlhnuté oči z mobilu a cítil som sa oklamaný, hrozne sprosto a trápne. Každému som už povedal o svojom veľkom úspechu. Jediné, čo ma teraz čakalo, bol dlhý december. Na Vianoce bude všetko pozatvárané a ja tu budem celkom sám a bez práce.

Mal by som ísť domov na Slovensko, napadlo mi. Ale letenka do Viedne by vyšla na 2 500 eur a čo bude potom? Štedrý deň bude skvelý a prespávať budem u maminy na gauči. Prenajal som svoj byt v Nitre na dvanásť mesiacov...

Napadlo mi aj to, že ak teraz odletím, tak sa už asi nevrátim.

Teraz si nemôžem dovoliť upadnúť do depresií a negatívnych myšlienok. Vzchop sa, Jano! Veronica sa vráti, budeš mať prácu, všetko bude O. K.

Nebolo to také jednoduché...

SLOVENSKÉ VIANOCE

Prvé tri decembrové týždne sa nič neudialo a boli nenormálne depresívne. Všetkých známych som obvolal a vysvetlil im, že ten stylingový džob vo filme je v riti. Celá rodinka a priatelia sa ma snažili utešovať a povzbudzovať, že nemám zúfať, všetko bude fajn, skvelé veci sú na dobrej ceste... Všetky tie milé hlúposti, čo v tom momente nechcete počúvať, ale nemôžete sa na nich hnevať, lebo to myslia v tom najlepšom. Želal som si, aby som aj v Los Angeles mal niekedy takých skvelých ľudkov.

Počas decembra som si zaužíval rutinu, ráno po vstávaní smer Runyon Canyon, kým nie je horúco. Runyon je nádherný park v kopcoch nedaľeko Hollywoodu, ale máte v ňom pocit, že ste v národnom parku v ďalekom americkom vnútrozemí. Prelieva sa vrchmi nad Los Angeles, zarastený palmami a rastlinami, o ktorých nemám ani šajnu... ale spolu vytvárajú nádherné obrazce farieb a tvarov. Jednými z jeho obyvateľov sú kojoty a štrkáče.

Runyon priťahuje húfy bežcov a psičkárov. Mixujú sa tu

zúfalci, túžiaci preraziť v šoubiznise, s filmovými hviezdami, ktorým to už vyšlo. Všetci sa ukazujú v tom naj trendy športovom výstroji. Minule som tu stretol Ryana Reynoldsa. Venčil svoju čivavu. O minútu neskôr prebehol pri mne spotený a sčervenený George Clooney. Obaja neskutočne nízki. Hlavne Clooney je ako trpaslík. Uškrnul sa na mňa, samozrejme, som sa uškrnul späť.

V prvý decembrový týždeň odišli Derek a Hillary stráviť Vianoce do svojho apartmánu v Las Vegas. Vedel som, že je nedobre, keď mi začali chýbať.

Dvadsiateho tretieho decembra som sa prešiel do Fresh & Easy (Američania tak premenovali Tesco) nakúpiť jedlo na Vianoce, ktoré sú v Amerike tak ako aj v Londýne o deň neskôr, dvadsiateho piateho. To bývala jedna z výhod spolužitia s Robim, každý rok sme mali dvoje Vianoc.

Hollywood Boulevard bol ešte viac prehustený ako zvyčajne. Mestskí poslanci dali vystavať Vianočné mesto do stredu nákupného centra Hollywood & Highland. Pražilo, tridsaťpäťstupňové horúčavy roztápali chodníky, ale ani to nezastavilo vianočnú atmosféru. Množstvo stromčekov, speváci kolied vo vlnených čiapkach, Mikuláš a jeho škriatkovia, zaliatí potom v zimných kožuchoch, a snehové delá plnili námestie bielou pokrývkou. Miesto guľovačky sa turisti brodili v snehovej bačorine. Jediné, po čom som túžil z obchodu v tej horúčave, bol ľadový melón. Pomyslenie na vyprážaného kapra a majonézový šalát mi zdvíhal žalúdok.

Doma som dal melón ešte viac zachladiť. Mobil začal vyzváňať ako besný. Neveril som vlastným očiam, jej veličenstvo Veronica Madison.

„Hej! Ako sa máš, Jan?"

Vypotil som zo seba niečo neutrálne, nudné.

„Musím ti toho toľko porozprávať,“ povedala sprisahanecky, akoby sme boli celý život najbližšími priateľmi. „Máš plány na Štedrý deň?“

„Ani nie.“

„Chceš ísť so mnou k mojim známym na vianočný obed? Stretneš sa tam s okruhom mojich najbližších priateľov a skvelými kontaktmi na šoubiznis.“

Prekvapila ma svojou ponukou na mier po vancouverskom debakli.

Vzrušene a rýchlo, rýchlejšie, ako som mal v pláne, som súhlasil.

„Super! A môžeš mi urobiť láskavosť?“ spýtala sa.

„Jasné. Čo máš na mysli?“

„Vyzdvihneš ma z letiska? Môžeš zobrať moje auto.“

„Hm,“ zadumal som trochu zmätene, „kedy letíš späť do L. A.?“

„Hm, akože dnes som späť. Filmovanie sa skončilo trochu skôr.“

Došlo mi, že ma tá prešpekulovaná krava namotala na navijak víziou vianočného obeda.

„Práve čakám pri páse na batožinu. Som už na LAX-e (značenie losangeleského letiska).“

Chytil som sa do jej premyslene vyfabrikovanej pasce a nemal veľmi na výber, len ju vyzdvihnúť z letiska. Natiahol som si kraťasy, tielko a smeroval k jej domu. Strieborné Porsche stálo pred domom. Kľúč bol v „skrýši“ pod karosériou, položený na prednom kolese. Nie je to šialené? Hviezda, ako je ona, si necháva kľúče od auta na prednom kolese. Otvoril som dvere, pohár starej kávy vypadol a rozlial sa mi takmer na bosé nohy v žabkách.

V aute nebol navigačný systém, tak som si cestu na LAX naprogramoval do iPhonu, zapol motor a v duchu sa pomodlil, aby som nikde nenabúral jej Porsche. Diaľnica bola diabolská, nikdy som nešoféroval na takej obrovitánskej ceste. Každým smerom uháňali autá v ôsmich pruhoch, ponáhľali sa za niekým, s kým chceli stráviť Vianoce. Len ja som bol zmanipulovaným, neplateným šoférom. Musela vedieť minimálne pred pasovou kontrolu, že bude potrebovať odvoz. Prečo si nezavolala taxík, žgrlaňa?

Bol som takmer na letisku, odbočil do pruhu označeného LAX. Tri pruhy plné autobusov, minibusov a taxíkov prechádzali popri dlhočiznej príletovej hale. Pri príletoch sa nesmie parkovať, nanajvýš na pár sekúnd, kým niekoho vyložíte alebo vyzdvihnete a hneď musíte frčať preč. Prešiel som popri príletoch rôznych aeroliniek, Air Midwest, Continental Airlines, Air Alaska, Virgin America... Zástupcovia cestoviek a autopožičovní sa snažili upútať pozornosť na každom kroku. Konečne som našiel Delta Airlines. Veronica tam nebola. Trúbiace autá ma predbehovali, ďalšie za mnou zastavovali. Ľudia vychádzali s preplnenými kuframi, profesionálne zabalenými darčekmi aj s vianočnými stromčekmi. Prežíval som ich vianočné vytešenie s nimi. Zavolal som Veronice, kde je. Nezdvíhala. Po pár sekundách ku mne podišiel ochrankár a slušne mi kázal vypadnúť. Ešte raz som vyskúšal Veronicin mobil, neúspešne.

„Pane," ochrankár mi zaklopkal na okno ukazujúc na

svoju zapásanú pištoľ, „parkovanie v týchto priestoroch je zakázané, páchate trestný čin."

„Prišiel som vyzdvihnúť Veronicu Madison, filmovú hviezdu," povedal som dúfajúc, že mi to pomôže.

„Jasné a ja tu čakám na Angelinu Jolie. Vypadni!"

„Ale ja tu naozaj čakám na Veronicu Madison."

Začal vyberať zbraň z puzdra, nedal mi inú možnosť, len odísť. Zaradený do vedľajšieho pruhu som v spätnom zrkadle zbadal Veronicu. Vychádzala s vozíkom naloženým kuframi až po lesknúcu sa bradu.

Zazvonil mi mobil. „Kde si?" ozvala sa zadýchaná.

„Doteraz som na teba čakal pred východom, ale vyhodili ma odtiaľ."

„Nuž, musíš ísť teraz riadnou obchádzkou. Vyjdeš na diaľnicu a asi na štvrtej míli sa musíš otočiť späť," dopovedala a zložila telefón.

Dorazil som o polhodinu neskôr, riadne nasratý. Stála pred tým istým vchodom. Chichúňala sa ako opica a pózovala skupinke vytešených mladých Angličanov. Jeden z nich pre ňu otvoril dvere do auta.

„Hej, Jan," škerila sa, „toto je Steve. Priletel až z Birminghamu."

Steve bol fešák, ale dutý ako delo, nahol sa ku mne a podal mi ruku. Ostatní chalani otvorili kufor a nakladali Veronicinu batožinu.

„Máš bombastické cecky."

„Díky, Steve," poďakovala sexuálne predýchaná ako postava starej nadržanej ženskej, ktorú hráva v American Muffin filmoch.

„Máme namierené na pivo do West Hollywoodu, pridáš sa, cica?"

Bol som prekvapený, že nad tým zamyslene uvažovala.

„Rada by som, Steve," špúlila ústa ako Marylin Monroe, „ale musím ísť na pracovné stretnutie do Paramount Pictures."

„Škoda," odpovedal Steve Veroniciným prsiam.

Môj známy ochrankár to mal opäť namierené ku mne.

„Nemôžem tu parkovať, do kelu," zavrčal som.

Veronica sa rozlúčila s každým jedným, poslala im bozky, špúlila ústa (akože sexsymbol). Podnapití chalani vyplazili na Veronicu nechutné, sfarbené jazyky a chytili si gule nasmerované na ňu. Bolo to ako na Discovery Channel, keď svorka nadržaných psov naháňa starú vyplznutú cicku.

V momente, ako som sa zbavil Angličanov, Veronica skončila s fanúšikovským divadielkom. „Tie moje blbé filmy ma budú prenasledovať celý život."

„To si naozaj chcela ísť na drink s tou bandou?"

„V žiadnom prípade!"

Veľká ochrankyňa zvierat bola nahodená v bielom kožuchu a slnečných okuliaroch, Tom Ford, aby som bol presný. Videl som, že sa riadne potí, ale nezapol som klímu. Nech z tej manipulatívnej svine dobre leje.

„Som ti vďačná, že si po mňa prišiel. Filmovačka bola katastrofálna, jeden z hercov ma chcel znásilniť."

Nechtiac som stočil volant v prekvapení.

„To myslíš vážne? Kedy, ako, kto?"

„Herec, čo hral hlavnú postavu. Myslel si, že to chcem. Postava, ktorú som hrala, bola ženská, čo každému vyfajčila, tak si to dal nejako zle dokopy. Prišiel do môjho prívesu a musela som ho zo seba skopať."

„Bola si za doktorom?"

„Nič to nie je, len som ho fakt riadne musela skopávať," sledovala z okna okoloidúce uháňajúce autá.

Už som sa na ňu nehneval, ale cítil sa dosť nepohodlne. Prečo mi to rozpráva, len tak?

„Zavolala si políciu?"

„Čo ti šibe? V Hollywoode by ma prestali obsadzovať do filmov aj TV. On bol predsa hlavným hrdinom."

„Ale veď on sa ťa pokúsil znásilniť!"

„Nuž, na súde by mi neverili ani slovo. Všetci si myslia, že som kus nadržanej ženskej ako vo filmoch. Aj tí nadržaní Angličania, čo mi obdivovali kozy, si to mysleli. Môj imidž je o tom, že som sexi a idem po každom vzrušenom chlapovi."

„Ale to neznamená, že by si sa mala dať znásilniť!"

„Za film som dostala 50 000 dolárov a potrebujem aspoň ďalších desať trápnych filmov, aby som sa vylízala z dlhov. Ak by som sa sťažovala, tak by mi naisto neponúkli iný film."

„To je hrozné!" nechápavo som povedal.

„To je Hollywood."

Cítil som sa depresívnejšie ako pred tým, zapol som klímu, Veronica mi stisla ruku. Po zvyšok cesty sme mlčali.

Zaparkoval som kúsok od domu a pomohol jej s kuframi k bráne.

„Ďakujem, nikomu inému som o znásilnení nepovedala."

„Musíš byť z toho hrozne mimo, Veronica."

„Nebolo to po prvýkrát. Keď som žila v New Yorku, znásilnil ma jeden chlap, čo ma sledoval celú cestu z baru až domov, mal nôž."

„Je mi to ľúto."

Objímala ma. „Si naozaj skvelý priateľ, Jan. Zavolám ti ráno, dohodneme sa o tom vianočnom obede." Zavrela za sebou malú bránku.

Po ceste domov som premýšľal, na čom s ňou vlastne som. Som jediný z jej priateľov, kto ju bol ochotný vyzdvihnúť? Má kopu známych a poznajú ju milióny ľudí po celom svete. Alebo som bol len ten najsprostejší debil z tých miliónov? Dôveruje mi tak, aby mi vešala na nos také súkromné veci, ako je znásilnenie? Môžem pokojne zavolať do bulvárnych novín. Ako si je istá, že toho nie som schopný? Nie je to môj štýl, ale ako to ona vie?

Bol krásny predvianočný deň. Ľudia dokončovali vešanie dekorácií a svetiel po domoch. Pri jednom práve rozkladali betlehem, Mária putovala k Jozefovi a trom kráľom, Ježiško v kolíske vypadol na trávu pred nich aj so somárom. Pred vedľajšou vilou boli nainštalované veľké sane napchaté krásne zabalenými škatuľami a robotickým Mikulášom, ktorý sa uškŕňal a kričal: „Ho, ho, ho! Merry Christmas." Prešiel som popri dodávke, z ktorej vyťahovali mohutného *gingerbreadmana* (americký zázvorový perník v tvare chlapa), zaliala ma neskutočne úžasná vôňa zázvoru.

„Merry Christmas," usmievalo sa veľmi snaživé dievča v mikulášskej čiapke. „Vonia krásne, však?"

Vo vianočnom nadľahčenom duchu som sa jej spýtal, či je *gingerbreadman* pravý.

„Nie, nie je. Pracujem pre firmu, ktorá vyrába mašinky, čo pumpujú vianočné vône ako zázvor, varené víno, jedlička do ovzdušia. Sú veľmi obľúbené." Vytiahla z dodávky malú bielu škatuľku a stlačila gombík, vôňa vareného vína mi obalamutila hlavu. Zavrel som oči a predstavil si, že som na vianočných trhoch v Nitre. Stál som s Robim na námestí pred Divadlom Andreja Bagara, v jednej ruke horúce vínko, v druhej cigánska. Na chvíľu som skočil aj na trhy do Bratislavy a do Viedne.

„Wow," otvoril som oči.

„Je to skvelá mašinka. Páči sa, tu je moja vizitka. Dám ti zľavu, akú dávam len svojim blízkym," usmiala sa. Za dvetisíc dolárov môžeš vyvoniavať varené vínko každý deň až do druhého januára."

„Ďakujem, si veľmi milá. Ja tu však nebývam, bývam dole na ulici, kde si môžeme dovoliť iba skutočné varené víno!"

Zazrela na mňa a priateľskú náladu zmenila na bojovú. „Nemám čas, mám kopu práce!" otočila sa mi chrbtom.

Mal som jej riadnu chuť povedať: „Merry Christmas aj tebe, krava." Očividne, trochu vianočnej pohody v Hollywoode vyjde na dvetisíc dolárov.

Začalo sa stmievať. V domoch sa začali rozsvecovať vianočné stromčeky, ako aj celé fasády. Keď som sa konečne celý spotený dotrepal domov, zapol som svoju dekoráciu, ktorá pozostávala zo svetiel padajúcich z rolety a zo šikmej sviečky, ktorá vykúkala z malej ošklbanej haluze, ktorú som ukradol v parku. Vyzeralo to dosť smutne a choro. Klímu som pustil na plné pecky. Na Vianoce? To je šialené.

Skontroloval som hodiny, bolo 16.10, na Slovensku 1.10 ráno a bol tam už Štedrý deň. Vrhol som sa na skype, hrozne nahlas vyzváňal. Rozospatá mamina zodvihla, vyčkávala na mňa celý večer, aby mi mohla zaželať šťastné Vianoce. Jej bytík bol nádherne vianočný a veľmi útulný. Notebook mala v obývačke na stole pri okne. Odtiahla záves, aby mi ukázala Vianoce vonku. Na okne ligotavá námraza ako vo filme, mesačný svit sa odrážal od zeme zahalenej snehom a množstvo rozmanitých snehuliakov strážilo parkovisko. Izba sa jemne jagala kokteilom červených, zelených a modrých svetiel. Halúzky stromčeka mixovali so svetlom tiene na stene.

V tej chvíli som sa nasral sám na seba, prečo som sa z L. A. neodrbal na sviatky domov do Nitry.

Mamina zodvihla Rikiho, malého maltezáka s tým najkrajším bielym kabátikom. Labky má nádherne chlpaté ako Ugg čižmy.

„Ahoj, Janko, želám ti šťastné a veselé Vianoce.“

Veľmi mi chýbal domov.

Moje novinky o Veronice by novinára šokovali, ale nechcel som príbehmi o hollywoodskych znásilneniach kaziť maminine Vianoce, tak som len načúval novinkám z domova. Tento rok vďaka niekoľkoročnému prehováraniu môjho synovca Filipa kúpili živého kapra na tržnici. Ten si pár dní užíval pohodlie vo vani. Nikto ho nechcel zabiť, hádzali zodpovednosť jeden na druhého, kým sa babka neponúkla, že príde ráno a prinesie si na pomoc svoje štrikovacie ihlice. „Našťastie“ mal kapor trochu lepšiu smrť. Malý Rikino sa nanominoval a sám sa oň postaral. Večer ho Filipo niesol za kaprom, keď sa mu vytrhol spod pazuchy rovno do vane. Kapor skonal hneď, ako mu Rikino odhryzol hlavu.

„Aspoň mi uľahčil prácu, už mu nemusím šúpať hlavu, ale len krk.“

„Ryby krk nemajú, moja zlatá.“

„Ale majú,“ napravila si okuliare, „pozrela som si v mojej novej encyklopédii.“

Na drzovku si dopredu otvorila darček, ktorý som jej kúpil na Vianoce. Sama si ju „objednala“. Jej posledná bola pomaly staršia ako Biblia, vytlačená v komunizme dávno pred zrodom internetu.

Bol som nasraný, že prichádzam o vzácne rodinné chvíle.

Pozrel som sa na svoj sprostý melón, ktorý som si kúpil na Štedrý deň a utrel si spotené čelo. Chvíľu sme sa ešte bavili o všeličom možnom aj nemožnom. Domov mi začal neuveriteľne chýbať, tak som zaklamal, že musím ísť. Nechcel som revať do notebooku ako dilino.

Len čo som zložil, skype mi začal znovu vyzvánať.

Robi... Váhal som v prekvapení z jeho telefonátu. Rýchlo som sa okukol v zrkadle, upravil vlasy a zdvihol.

„Merry Christmas, Ján.“

Vždy som miloval jeho britský akcent. Robil ma šťastným...

Robi sedel v obývačke svojho nového bytu, ktorý som nikdy nemal šancu spoznať. Bol prázdny a nemal žiadnu vianočnú výzdobu. Usmieval sa do kamery, očividne sa tešil, že ma vidí.

„Hi, Robi,“ obzerali sme si jeden druhého.

„Prenajal som si byt v Brockley. Len o ulicu ďalej od toho, v ktorom sme bývali spolu. Je tu smutno bez teba.“

Brockley je len desať minút od Charing Crossu, Big Benu a Parlamentu. Má svoje bary, kaviarničky a dve malé divadlá. Žilo sa nám tam fajn. Bol to ešte Londýn, ale oveľa priateľskejšia časť, bez unaháňaných a nepríjemných ľudí z centra. Saška u nás často prespávala, robili sme si beauty posedenia s kozmetickými novinkami z Harrodsu. A vďaka Ryanairu sme mohli byť na Slovensku za dve hodiny.

„Pamätáš si Moonbow Jakes? Už nefunguje.“

Bola to naša obľúbená kaviareň. Zvykla byť otvorená do neskorých hodín a plná hercov, umelcov, poetov... Chodievali sme sa tam uvoľniť večer po práci a pokecať o našich dňoch. Hlavne na Vianoce tam bolo nádherne a útulne.

Zdalo sa mi to byť všetko veľmi dávno.

Rozprávali sme sa veľmi dlho. Povedal mi o svojej vypredanej divadelnej hre, ktorá sa hrala v The Trafalgar Studios, veľmi hippie divadle, do ktorého chodili známi producenti a režiséri.

Ja som mu povedal, ako veľmi mi chýba náš domov a on.

„S nikým nerandím,“ povedal Robi.

„Ani ja,“ pozrel som na neho vytešene. Teraz navrhne, aby sme sa dali dokopy!

„Sľúb mi, že nebudeš blbnúť a zostaneš v Los Angeles. Aspoň zatiaľ. Viem, že sa ti tam darí a všetko ide nad očakávania.“

„Čo? Prečo ti mám niečo také sľúbiť?“ opýtal som sa rozčarovane.

„Nuž, obom sa nám darí vo vysnívanej práci. A mohol by si návrat oľutovať.“

„Kto ti hovoril, že sa chcem vrátiť?“

„Mal som pocit, že to tam neznášaš a tá Veronica Madison znie ako riadna lúzerka.“

„ Veronica je o. k. a ja sa mám skvele, vlastne sa práve chystám na super párty,“ klamal som.

„Fajn, ja sa mám tiež skvele.“

Po dlhom tichu sme sa rozlúčili.

„Tak šťastné a veselé, Rob.“

„Aj tebe.“

Podišiel som k svojej ochrnutej vianočnej halúzke, ktorá na mňa smutne pozerala z vrchu mikrovlnky a otvoril si darčeky. Ježiško mi priniesol Gillette Mac 3 žiletky od maminy, fľašku Tatranského čaju od sestry a švagra, šál od babky a dévedéčko Perinbaba od neterky Veroniky a Filipka. Jediné, na čo som mal chuť, bola Perinbaba. Ostatné darčeky boli skvelé, keď som si ich predvybral pred dvoma mesiacmi, ale teraz mi pripadali hrozne depresívne. Mohol by som si podrezať žily žiletkou, obesiť sa na šále alebo zapiť škatuľku piluliek Tatranským čajom. Vďaka Ježiškovi som mal na výber.

Premýšľal som nad všetkým, čo som prežil s Veronicou a jej ťažkou snobskou povahou a rozhodol som sa, že sa len tak ľahko nevzdám, nezahodím svoje sny za hlavu pri prvých ťažkostiach. Zajtra je vianočný obed s ňou a jej priateľmi. Rozhodne niečo z toho vyťažím a posuniem sa ešte viac k vytúženému úspechu.

Zapol som si starú dobrú Perinbabku a našťastie upadol do hlbokého spánku.

HOLLYWOODSKE VIANOCE

Americké Vianoce sa začali chladnejšie.

Urobil som si kávu, romanticky pri východe slnka, a čumel do krásneho blba, keď ma vyrušil zvoniaci mobil. Derek mi vinšoval veselé Vianoce, Hillary mu vytrhol mobil z ruky,

„Ja ti šťastné Vianoce želať nebudem! Som žid a neoslavujem takéto blbosti. Hovoril si s Veronicou? Ja som jej volal kvôli Without Years a tvrdila mi, že jej z Time Machine Soufflé krému opuchla hlava!"

Povedal som mu, že budem s ňou a jej známymi tráviť vianočný deň. Hillarymu viac nebolo treba, skoro mal orgazmus cez telefón: „Ján, sakra! Nevieš si ani predstaviť, akých vplyvných ľudí dnes stretneš, hovorím ti, bude to pecka. Je kamarátka s tým krpatým chlapíkom, čo napísal Sex v meste, aj ju do seriálu obsadil. Dávaj si však pozor, čo povieš, Veronica mi tvrdí, že jej ukradol nápad na seriál, ktorý aj natočil. Veronica bola tiež v epizóde Priateľov. Možno tam bude Jennifer Aniston alebo Courteny Cox, aj keď ich vyslovene neznáša kvôli ich úspechom a štíhlosti. Pozná kdekoho. Hej! Ja by som sa tiež mohol pri tebe zviesť."

Počul som, ako si prekladá ruku cez mobil, aby som nepočul a rozprával Derekovi."

„Koľko máme natankovaného benzínu? Ján ma práve pozval na obed s Veronicou Madison."

Krv mi začala vrieť ako nasratému býkovi.

„Čo ti šibe? Moja mama s otcom k nám prídu na obed. Je Štedrý deň!" nepripúšťal zmenu programu Derek.

„A čo má byť? Ja som žid, na mňa to neplatí," hádal sa Hillary.

„Tak ty chceš šoférovať 368 kilometrov späť do L. A. na Vianoce, len aby si sa pchal niekomu do riti s tou tvojou kozmetikou?"

„Ale, keď Ján pozval iba mňa... Som si istý, že sa k nám môžeš pridať."

Derek bol riadne smutný: „On sa jej nepýtal, či môžem prísť aj ja?"

„Jasné, pýtal," klamal Hillary.

Pri počúvaní tých bludov sa mi potili aj nohy. Preboha. Čo ak ho Hillary prehovorí a nepozvane sa nasáčkujú, kde nie sú vítaní? V tom som začul ich zvonček pri dverách.

„To bude mama a otec, nemôžeme ich tu nechať."

„Kurva!" nekontroloval sa Hillary.

„Nepoužívaj ten slovník na mojich rodičov!" zvýšil hlas Derek.

„Neviem, koľkokrát ti mám povedať, že Vianoce neoslavujem," zahučal Hillary.

„Si môj frajer a ty ma nútiš oslavovať svoju židovskú Chanuku, tak čuš!"

„Si riadny kokot!" zakričal Hillary.

„Nie, ty si kokot!" nedal sa Derek.

„Ty si ešte väčší kokot," Hillary musel mať posledné slovo.

Hillary odkryl mobil, pritisol ho späť k uchu a vlažne mi oznámil: „Počúvaj, povedz Veronice, nech mi zavolá. Tiež jej povedz, že si myslím, že jej hlava nemohla spuchnúť z môjho výrobku, ale skôr je v začiatkoch menopauzy," nechtiac, ale chvalabohu ukončil hovor.

„Už ma vidíš, ako jej to poviem. Debil," povedal som si a skontroloval, či je mobil naozaj vypnutý.

Pre istotu som hodil do googlu, aká je časová vzdialenosť medzi Vegas a L. A. Päť a pol hodiny. Keby hneď ten bastard vyštartoval z Vegas, tak nestihnú väčšinu obeda.

Prešiel som sa pod mojím avokádom až k Starbucksu. Psičkári boli veľmi priateľskí, aj turisti mi na každom kroku vinšovali Merry Christmas. Hollywood sa zmenil na nepoznanie aspoň na jeden deň. Popíjal som Christmas latte a hovniválil sa v kresle na slnku.

Veronica mi crnkla: „Merry Christmas, Jan. Vyzdvihnem ťa o 11.30. Na obed ideme k Rayovi a Charliemu. Sú O. K., ale hlavne Charlie, pracuje v luxusných lahôdkach, nosí mi odtiaľ chutný syr, takže obed bude elegantný a vkusný."

Po kávičkovaní som zbehol do Fresh & Easy a kúpil dve fľašky drahého červeného vína, luxusný dezert a vianočnú misku orechov. Vrátil som sa domov a nachystal handry k obedu.

O jedenástej som si nalial veľkú vodku a usadil sa do fotela v svojom novom Prada outfite. Prešlo 11.30, potom 12.00. Veľmi som nepanikáril, Veronica je preslávená svojím chronickým meškaním. Prešlo aj 12.00, 12.30, 13.00. Zavolal som o 13.15 a nechal jej odkaz.

Nervózne som sledoval hodinkové ručičky, ako pomaly prechádzali, až sa zastavili na 14.30 a ja som jej odrecitoval ďalší odkaz na mobil. Za desať minút som volal zase, dostal som sa do odkazovej schránky, ale odkaz som nechať nemohol, bola plná.

Nervy mi vytekali odkvapovou rúrou až k palmám pred domom. Pochyboval som, že sa k niekomu nasáčkujeme na vianočný obed o tri hodiny neskôr.

Čo sa ešte chystá? O trištvrte na tri som sa vybral k jej domu na kopci. Cesty boli prázdne, ani duše navôkol. Prešiel som okolo robotického Mikuláša, ktorého terminátorský hlas plnil prázdne ulice a tie vytvárali echo – „Ho, Ho, Ho! Merry Christmas.“

Bol som vyhladovaný a cítil sa sprosto, že som jej opäť naletel. Keď som sa blížil k domu, počul som slabé výkriky. Bližšie k domu silneli viac a viac. Hrozný krik vychádzal spoza jej múra.

Zo spodku hlasiviek: „Pomóóóc, bože, pomôžte mi niekto!“ Bol to Veronicin ubolený hlas. Porsche bolo pred domom, jej iPhone blikal plnou odkazovou schránkou pod predným oknom.

„Veronica?“

„Vďakabohu, kto to je?"

„Ja, Ján."

„Pomôž mi. Som tu na druhej strane za stenou."

Na vysokom múre som si všimol poškodené tehly. Do jednej z nich som strčil nohu. Múr bol hrubý a zaoblený, tak som sa naň pritisol a nakukol cez vrch. Záhradka pred domom trávu asi nikdy nevidela a bola malinká, vyzerala ako jej auto zvnútra, riadny bordel. Vyschnutá, hrboľatá zem plná jám, skapatých rastlín v rozbitých črepníkoch. Deravé vrecia sa vylievali z troch smetiakov. Jeden zo psov dotrhal jedno z vriec a porozvlákal smeti, kde len mohol, vytvoril koberec zo škrupín, z pivových plechoviek, vínových fliaš, kávovej zmesi, ryže... Nad bordelom poletovali stáda múch mäsiarok. V rohu pri múre ležala Veronica, oblečená na venčenie. Vyzerala hrozne, nadpojené vlasy po celej tvári, maskara roztečená po brade... Ľavú nohu mala preťatú dlhým železným kolom. Prechádzal cez zakrvavené rozťaté stehno, z ktorého trčali kusy mäsa a všade bola krv. Podávala mi zablatenú ruku.

„Čo sa ti stalo?"

„Zabuchla som kľúče v bráne, keď som šla do auta... Musela som sa dostať naspäť, liezla som cez múr... a dopadla na...," vresk od bolesti. Pokožku mala vyblednutú na farbu steny. Kôl trčal zo zeme, z druhej strany stehna bolo vidieť, kadiaľ jej prešiel.

Rýchlo som vytočil 911, ambulanciu.

„Nehýb sa, Veronica."

„Nemôžem ani dýchať bez bolesti."

Sanitka prifrčala za pár minút, ktoré trvali večnosť,

Veronicin krik bol hrozný, po tele mi behali zimomriavky. Do dvora som vpustil dvoch paramedikov. Do ruky jej pichli morfín. Pýtali sa ma, či neviem, ako hlboko v zemi je ten kôl. Nevedel som.

„Veľmi hlboko," povedala Veronica cez bolesť v očiach. Blonďavý záchranár komunikoval cez vysielačku zavesenú na vrecku na hrudi: „Máme nablízku hasičov? Súrne!"

„Nie, nemáme," ochrapčený starší hlas odpovedal, „musíte to tam udržať pod kontrolou minimálne pätnásť minút."

„Stratila veľa krvi," ukazoval starší paramedik na množstvo do zemi vsiaknutej krvi okolo Veronicy. „Pani, budeme vás musieť nadvihnúť a vysunúť z kola."

„Nehovorte mi pani," plakala, „aspoň nie teraz, hovorte mi slečna."

„Dobre, slečna," odpovedal, aj keď špinavá v hroznom stave vyzerala minimálne na šesťdesiat.

„O. k., budeš nám musieť pomôcť, mladý muž," oznámil mi blonďavý paramedik. „Budeš dvíhať plecia."

„Čoooooo?" rozšírili sa jej zreničky.

„Pani, uh, chcel som povedať slečna, musíme vás vyslobodiť z kola."

„Niééé," preľaknutá kričala, „niééééé!"

Snažil som sa byť pokojný, keď sme ju dvíhali. Blondiak jej dvíhal nohy, šedivý boky a ja som sa snažil pohnúť plecami.

„Zdvihneme vás na tri, pani," povedal šedivý záchranár, keď sme boli všetci nachystaní vo svojich pozíciách.

„Som slečna!" zasyčala cez zuby.

„Jeden, dva, tri."

Nemyslel som, že mohla kričať ešte hlasnejšie. Blondiak musel Veronice nepríjemne potriasť nohou, aby sa dala vytiahnuť vyššie. Bolo počuť škrípanie kosti o železný kôl!

Chvalabohu, nohu sme dostali cez hrot kola von. Veronicu sme preložili na nosidlá, odkopol som z cesty bordel, aby sa mohli dostať k bráne. Silne mi stláčala ruku, tak som nemal na výber a skončil s ňou v sanitke. Čakali sme na paramedikov, kým zavrú dvere, miesto toho vytasili papierovačky.

„Prosím, prosííím, dajte mi tabletky od bolesti," zavýjala ubolene Veronica.

„Najprv potrebujeme detaily vašej poistky," odvrkol blondiak.

„Som Veronica Madison, nestačí vám to?"

„Meno nám nestačí, potrebujeme dôležitejšie detaily, ako je poistka, aby vás mohli prijať do nemocnice Cedar Sini."

„Jan, v aute mám peňaženku, prosím ťa..."

Utekal som do auta a zobral peňaženku, iPhone a hŕstku kľúčov.

Blonďavý paramedik študoval poistku. „Dobré foto, slečna, ja vás odniekiaľ poznám," dumal, „American Muffin, ste v tých filmoch bohovská! A tú grimasu, čo hádžete, to je riadna pecka," vytočene napodobňoval scénu z filmu grimasou a vystrkovaním pŕs: „Ooh, ahojte, chlapci..."

Celkom mu to vyšlo.

„Kurva, čo ti jebe!" zakričala Veronica. „Dajte mi niečo silné od bolesti!!!"

Našťastie jej niečo dal a kým sme sa dostali do nemocnice, bola skoro v bezvedomí.

Cedar Sini je nemocnica, kde sa chodia liečiť filmové hviezdy po autonehodách, drogovom predávkovaní... Taktiež sem chodia rodiť a hlavne na plastiky.

Veronicu odniesli na sálu. Ja som sa usadil v čakárni. Počas môjho čakania prišlo a odišlo množstvo šialených boháčov. Jedna ženská prišla s alergickou reakciou na zlaté náušnice, ktoré dostala od frajera. Frajer sa skoro prepadol pod zem, keď doktor oznámil, že náušnice boli len lacnou imitáciou zlata. Ďalšia bohatá potvora prišla na nosidlách nahodená v nádherných modrých večerných šatách od Roberta Cavalliho. V nemocničnom svetle sa blýskala nádhernými diamantovými náušnicami a náhrdelníkom (na Slovensku by sme za ne mohli postaviť malú nemocnicu). Po predávkovaní bola na tom dosť zle, ale jej manžel sa viac bál o to, aby ju nezobrali na sálu s diamantmi. Visel jej na ušiach a snažil sa z nej strnúť, čo sa dalo.

Po štyridsiatich minútach prišla ku mne sestrička.

„Slečna Madison chce, aby ste zašli k nej domov a vyzdvihli jej veci,“ tlačila mi do ruky zdrap so zoznamom.

„Ona chce, aby som šiel do jej domu?“ prekvapene som sa opýtal.

„Áno.“

„Je v poriadku?“

„Bude v poriadku, práve je na sále a dávajú jej kosť dokopy, klinom. Mala šťastie, že ste ju našli. O hodinu neskôr a vykrvácala by.“

Taxíkom som sa vrátil k Veronicinmu domu za desať

minút, vyskočil z auta a snažil sa otvoriť bránu, ohnutému kľúču to veľmi nešlo. Krpatá, tlstá žienka s papierovou vianočnou čiapkou vyšla z vedľajšieho domu.

„Haló? Kto si?" pýtala sa.

Predstavili sme sa navzájom.

„Ako poznáš Veronicu?" pokračovala podozrievavo.

„Som jej kamoš."

„Máš krv na košeli!" odstúpila o krok dozadu.

„Nepočuli ste Veronicu? Stala sa jej pred domom hrozná nehoda. Volal som jej sanitku. Museli ste počuť, ako hrozitánsky kričala!"

„Ale áno, počula. Myslela som, že sexovala a mala skvelý orgazmus. Sme tu zvyknutí na jej sex zvuky."

„Ona tu chudera kričala v bolestiach o pomoc a vy ste mysleli, že to bol sex?" neveriaco som opakoval.

„Toto je Hollywood, zlatko," povedala bojovne.

„Mám od nej kľúče, poslala ma po veci do nemocnice."

„Je v nemocnici?" spýtala sa Cheryl.

„Áno, je v nemocnici, napichla sa na železný kôl."

„Auč..." povedala, akoby si Veronica zlomila len necht, „chystáme na večer drink párty. Boli by sme radi, keby prišla aj Veronica."

„Je v nemocnici!"

„Ak ju prepustia. Odkáž jej, že Cheryl ju pozýva na vaječný likér o 19.30," zakričala, strácajúc sa vo svojom dome.

Otvoril som bránu a prešiel točiacim sa chodníkom k dverám. Obrovitánske stromy v dvore blokovali slnečné lúče. V poloslnku vládla tajuplná atmosféra a chlad. Cez velikánske, hrdzavé okná bolo vidieť veľmi tmavé vnútro domu. Predné dvere boli dosť nízke a olupovala sa z nich červená farba. Z malej diery pri dverách trčali modré, červené a žlté káble. Bol som pripravený vstúpiť do utajovaného domu Veronicy Madison.

Z hlboka som sa nadýchol a strčil kľúč do zámky...

ZA DVERAMI

Dvere na Veronicinom dome sa rozleteli dokorán. Všade panovala tma, dovidel som iba na pár metrov pred seba. Niekoľko zavretých dverí dominovalo malej vstupnej miestnosti, vykachličkovanej načerveno. Začul som pohyby za dvermi po mojej ľavici, šušťanie papiera a kroky, ktoré sa prechádzali parketami... Nastal buchot, pád...

„Do frasa!" odznelo mužským hlasom.

Rýchlo som sa popozeral okolo seba a hľadal niečo na ochranu. Schytil som ostrú železnú palicu z kozuba a pomaly otváral dvere.

Zapadajúce slnko rozsvietilo obývačku cez okná zadnej steny, tiahli sa od zeme až po plafón. Približne tridsaťpäťročný chlap v otrhaných džínsoch, špinavom sivom tričku a okuliaroch stál v strede izby. Vyzeral trochu mentálne zaostalý a mal riadne mastné a riedke vlasy. Buchot bol spôsobený veľkým paravánom s japonskými motívmi, ktorý sa prevrátil a rozvíril prach v slnkom zaliatej izbe. Cez špinavé okná bolo vidieť terasu, kde sa Frankie a malý čierny pes naháňali. Záhrada za domom sa podobala tej pred domom – ako na Marse, bez života. V rohu záhrady rástol nádherný grapefruitovník plný neobratého ovocia, z ktorého väčšina hnila.

„Merry Christmas,“ povedal chlapík spomaleným reflexom, „som Mike, venčím Veronicine psy.“

Podával mi ruku. Vydýchol som si, odložil palicu a potriasol mu rukou. Všimol som si, že v druhej ruke držal pohár arašidového masla a lyžičku.

Jediná dobrá vec na celej izbe bol výhľad. Záhrada sa vypínala nad priestranným Los Angeles, panoráma bola neopísateľná. Obývačka bola naplieskaná antickými kúskami. Veronicin kufor ešte z filmovačky vo Vancouvri vybuchol po celej miestnosti. Olejové maľby viktoriánskych žienok sa opierali o steny a čakali, kým sa niekto zľutuje a povesí ich tam, kam patria. Viktoriánske bábkové divadlo, ktoré si Veronica priniesla z Paríža, vysedávalo na antickom jedálenskom stole v rohu, bábkam sa ligotali oči od dopadajúcich lúčov. Drevené parkety boli riadne vychodené a niektoré chýbali, zvyšok bol zahádzaný hnilými škatuľami z donáškového jedla a pri dverách stála kopa vriec plných smradľavého odpadu. Jedno vrece sa čudne začalo hýbať a šušťať. Magorský čierny potkan vykukol s kusom chleba v papuli a myslím, že sa na nás škodoradostne usmieval.

„Tam si,“ zakričal Mike a naskočil do akcie.

Odtiahol zaprášený deravý, velvetový záves a odokryl ním výhľad na prednú záhradu, kde sa ešte pred chvíľou zvíjala Veronica. Otvoril okno a natrel nižšie steny a zárubne arašidovým maslom. Aj potkan zostal zaskočený a fascinovane sledoval, čo tento poloblázon robil. Potom oprel jeden z obrazov na zem k spodnej zárubni. Potkan si to nasmeroval k priechodu.

„Poď, môj, poď, dobre...“ nabádal hlodavca.

„So zverou to viem,“ uškŕňal sa na mňa. Potrel aj obraz arašidovým maslom a vyčkával, či mu to vyjde podľa plánu. Štyri veľké potkany vbehli zo záhrady po obraze dnu.

„Do frasa,“ nasral sa.

Agresívne, zubaté svine si dávali kolečká po obývačke a Mike mi vysvetľoval jeho arašidový vynález.

„Vieš, Veronica mala potkana v kuchyni, tak som mu urobil rampu cez okno, aby mohol vyjsť von. Aby ju našiel, tak som ju natrel arašidovým maslom. Potkany milujú sladkosti.“

Nechápavo som premýšľal, ako mu nedošlo, že tá rampa je len pozvánkou na arašidovú párty pre vonkajšie potkany a zgerbu. Chudák chlapec. Chcel som sa strašne smiať, ale bolo mi ho trochu ľúto.

„Prišiel som Veronice po nejaké veci. Je v nemocnici.“

Mike ma nepočúval, natieral si ruky arašidovým maslom, aby mu potkany vliezli do náručia. Ako tento týpek dostal džob u Veronicy Madison, mi bolo záhadou.

Zavrel som dvere na obývačke a šiel hore po vŕzgajúcich schodoch. V hornej chodbe bola pevná linka, ale z telefónu viseli vyšklbané káble, tak ako aj zo steny. Po ľavej strane boli zamknuté dvere, predo mnou art déco kúpeľňa, ktorá musela vyzerať skvele pred tým, ako sa z nej stala ruina. Na zemi bola vytvorená mozaika, ktorá sa prepadala v strede podlahy, naokolo boli polámané a povypadávané malé farebné kachličky. V porcelánovej vani špinavá voda a chumáče vlasov. Z kúpeľne som prešiel ďalšími trpaslíkovskými dvermi do Veronicinej spálne. Dva psy sedeli v pozore na posteli a pozerali The Muppet Christmas Carol (bábková verzia Vianočnej koledy) na obrovskej telke. Zamrzol som v dverách pri pomyslení, ako Frankie skoro rozdriapal malého čierneho psa v aute. Frankie sa prevalil na chrbát a maznal sa ako šteňa, napodobnil ho aj malý čierny. Pomojkal som ich a na obojku zistil, že krpec sa volá Noodles (rezance).

Spálňa sa veľmi nelíšila od obývačky, zničené parkety a bordel tiahli aj ňou. Posteľ bola velikánska. Pri mojkaní psov na mňa doľahla riadna únava a hlad. Nechcelo sa mi veriť, že toto bol dom filmovej hviezdy. Pripadal mi skôr ako domček starenky, ktorá sa už nedokáže o seba postarať. Zo steny pri telke trčal vytrhnutý bezpečnostný systém. Na telke boli naukladané dévedéčka od The Academy Of Motion Pictures and Sciences (organizácia, čo udeľuje Oscarov). Cez ne bolo prelepené Prísne tajné, tieto filmy sa uchádzali o Oscara 2011. Na zemi bol pokrčený kus papiera, ktorý upozorňoval Veronicu, členku Akadémie, aby svoje hlasy odovzdala najneskôr do januára. Na malom stole bolo zopár ocenení, Emmy za najlepšiu hosťujúcu herečku v seriáli Priatelia, Saturn Awards za stvárnenie nadržanej mimozemšťanky v Star Treku: Deep Space Nine. Sošky boli zaprášené. Musel som sa pousmiať, keď som na zemi zbadal ocenenie Golden Raspberry za najhorší ženský herecký výkon v trileri Vražda na piatu, ktoré očividne používali psy na hryzenie.

Cez spálňu som prešiel do šatníka. Skoro som vyskočil z kože. Veronica stála v tmavom rohu a hystericky sa na mňa škľabila, natiahnuté mala boxérske rukavice a čierne kokteilky. Srdce mi ešte stále bilo ako motor Ferrari, keď som si všimol, že to bola len Veronica vystrihnutá z kartónu v životnej veľkosti ako promo jej zrušeného ABC sitkomu Biff. Cez okno som videl, ako Mika pohryzol potkan na arašidovej ruke. Vynášal hnusoby von a hádzal susedom cez plot.

Toaletný stolík predo mnou sa prehýbal pod mejkapmi a škatuľkami tabletiek. Nikdy som toľko mejkapu pokope nevidel. Otvoril som skriňu, prešiel šatami, ktoré viseli zabalené v igelite z čistiarne. Vo vedľajšej skrini mala priečinkami oddelené značkové topánky. Otvoril som ďalšiu veľkú skriňu, nebolo v nej oblečenie, ale od stropu po zem preplnené poličky. Napočítal som dvadsaťšesť tých najluxusnejších kabeliek, aké si viete predstaviť, Birkin, Hermes, Mulberry, Louis Vuitton, Gucci... Jedna Hermes kabelka stojí 4 000 dolárov. Osem krásnych hodiniek Rolex (kus vyjde viac ako 20 000 dolárov). Mala tam dvanásť iPhonov, osemnásť MP3 prehrávačov vo všetkých možných farbách, štyri Apple Mac notebooky, päť notebookov iných značiek a tri iPady. Na poličke pri škatuľke od Tiffany & Co bola pozvánka do *complimentary gift suite* pred odovzdávaním Oscarov 2009. *Complimentary gift suite* je miestnosť prenajatá sponzormi a filmové hviezdy, celebrity v nej majú na výber z množstva luxusných bezplatných darov ako zlato, elektronika, dovolenky... Skriňa bola preplnená jej sponzorskými darmi. Neskutočné, aké veci dostane len za účasť na premiérach. Skoro sa mi zastavil dych, nezávidel som jej tie dary, ale nasralo ma, že tam len tak nepoužité zapadali prachom. Mohla ich aspoň predať a peniaze darovať na svoju „milovanú" zvieraciu charitu, kde tak „rada" chodí ľuďom hovoriť do duší. Alebo by si za tie peniaze mohla dať vymaľovať a opraviť dom, alebo...

Šuflík pri dverách bol plný sťahovacích nohavičiek, ktoré zažili veľa akcií, a vibrátorov všetkých veľkostí a farieb. V spodnom šuflíku mala oblečko na potulovanie sa domom. Zobral som jej pohodlnú kašmírovú mikinu, *cool* tepláky a tenisky.

Vrátil som sa do obývačky, Mike bol v záhrade s Frankiem a Noodles. Bili sa o mŕtveho potkana a on sa im ho snažil vytrhnúť z úst.

„Pôjdem, Mike. Maj sa."

„Hej, počkaj," prichádzal ku mne a podával mi veľkú hnedú obálku dekorovanú potkaňou krvou a arašidovým maslom. „Práve som otvoril toto. Myslíš, že to bude Veronica chcieť?" Bola adresovaná Veronice a celou šírkou bolo na nej vytlačené: PRÍSNE TAJNÉ. MAJETOK TRI STAR PICTURES. Mike z nej vytiahol scenár pokračovania American Muffin filmu!

„Čo je to?" opýtal sa, oči mu vyskakovali cez špinavé okuliare.

„To je scenár na American Muffin 4."

„Hm. A to je čo?"

Pozrel som na neho, myslel to vážne. Ako môžeš pracovať pre Veronicu Madison a nepoznať jej najznámejší film, chlape?

O pokračovaní filmu sa hovorilo roky a ja som tu stál v dome Veronicy Madison so skriptom v ruke a legálnymi dokumentmi, ktoré čakali na jej podpis. V obálke bolo tiež upozornenie, že scenár je prísne tajný a ak ho niekomu ukáže, štúdio ju bude súdiť.

„Kedy prišiel?“

„Neviem, našiel som ho v smetiaku,“ zľaknuto zaprskol.

Obálku som pribalil do tašky k oblečeniu, nechápal som, prečo vyhodila neotvorený scenár do smetí, určite si ho bude chcieť pozrieť.

Do nemocnice som sa vrátil za tmy okolo pol siedmej. Očakával som, že uvidím veľmi ubolenú pacientku, ale namiesto toho bola Veronicina súkromná izba plná ľudí. Sedela upravená na posteli s kompletným mejkapom a obložená kyticami. Blonďavá baba v hrubých okuliaroch pripevňovala Veronice umelé mihalnice.

„Toho sexi doktora by si mala totálne pojebať,“ akoby nič z nej vyhŕklo, kým nanášala maskaru.

„Myslíš?“ opýtala sa Veronica.

„Jasnačka! Platíš riadne veľkú poistku, tak si z nej niečo extra vytlč!“

Veronica nad tým vážne premýšľala. Po chvíli si ma všimla a uškrnula sa.

„Hej!“ pozdravila ma tónom, akoby sme si dávali rande v luxusnej kaviarni. Všetci v izbe sa natočili, aby si ma mohli poobzerať. Asi štyridsaťpäťročný krpatý blondiak dolieval každému šampanské, ďalší asi päťdesiatpäťročný, trochu vykysnutý čiernovlasý chlapík stál v rohu a vybavoval telefonáty. Dve prosté žienky aranžovali syr na veľkej mise a vysoký chlapík v druhom rohu vyzeral dosť unudene.

Veronica sa vyšpuľovala do zrkadla a kontrolovala si mejkap. „Toto je Kathy,“ predstavila mi okuliarnatú babu. „Je tou naj vizážistkou v Hollywoode.“

Na stolík som položil Veronicinu nabalenú tašku.

„Nie tam, tam ide jedlo," upozornila ma Kathy, oči cez dioptrie mala veľké ako balóny.

„Miláčikovia, toto je Jan, som mu vďačná za život," Veronica ma predstavila celej miestnosti tónom, ktorý mi pripadal viac ironický ako vďačný.

„Ako sa cítiš?" spýtal som sa.

„Výborne! Mám len jednu funkčnú nohu ako pirát!"

Všetci sa zasmiali okrem chlapíka s mobilom. Potom zobrala plyšovú hračku z kytice a dala si ju na plece. Predstierala, že je to papagáj. Ešte viac sa celá izba smiala na trápnej imitácii piráta. Baby a chalani v mojej škôlke pri vlakovej stanici to robili lepšie, keď mali päť rokov.

Kathy na mňa čudne zazerala.

„Chcem ťa pojebať, zlato," vážne mi oznámila.

Nemal som slov, čumel som na ňu ako vôl. Ona ani okom nežmurkla, ksicht jej ešte viac zvážnel.

„Ááááh, si gay?" opýtala sa.

„Ignoruj ju a Merry Christmas," zaželal mi vytočený blondiak, „vidím, si jedným z nás!" Veronica mi predstavila Charlieho a jeho partnera Raya, ktorý postávajúc v rohu zdvihol ruku, aby som ho vedel identifikovať.

„Vianočný obed u nás bol skvelý, škoda, že vám to nevyšlo. Je mi to ľúto, tak som vám priniesol aspoň nejaké syry," ponúkal mi syrovú misu. Pochutnal som si na anglickom cheddare, s Robim to bol náš obľúbený syr.

„Toto sú moje skvelé priateľky, Kelly a Shirley," predstavila Veronica kamošky, ktoré ledva odlepili ústa od šampanského.

„A toto je Donald Gold," čiernovlasý, vykysnutý fešák sa zasmial a podával mi ruku. Vedel som, že ide o niekoho veľmi dôležitého v Hollywoode, Veronica ho predstavila aj priezviskom.

„Ahoj," pozdravil sa s velikánskym sebavedomím.

„Donald Gold bol dnes vymenovaný za šéfa kastingu v Universal Pictures," zarecitoval Charlie, „poslal som mu svoje herecké demo na nadchádzajúci kasting. Dostal si ho Donald?" Obaja sa smiali, akože vtipkujú. Charlie to myslel smrteľne vážne a rozoberal Donaldovu tvár, aby zistil pravdu.

„Syr je dobrý," vyhýbal sa Donald odpovedi.

„Charlie," pripomínal svoje meno.

„To si nikdy nezapamätám," povedal Donald, „môžem ťa volať syráč?"

„Samozrejme!" vtieral sa Charlie.

„A teraz mi prines viac šampanského, syráč!"

Povedal som Veronice, čo som jej priniesol z domu a išiel som spomenúť scenár, keď ma Kelly teritoriálne prerušila: „To je zlaté, ale ja a Shirley sme jej priniesli oblečenie aj šminky."

„Bol u teba chlapík, dosť čud...," pokračoval som.

Veronica ma rýchlo prerušila: „To je Kathin brat. Je vojnový veterán."

Pozrel som na Kathy, celkom to dávalo zmysel, že boli rodina. Pokúšal som sa opäť spomenúť scenár...

Charlie začal bľačať: „Musím sa odfotiť so slečnou Madison!"

Všetci hneď vytasili svoje foťáky, okrem Donalda, tlačili sa na Veronicu a cvakali ostošesť. Charlie jej vliezol do postele, zaplietol sa do hadice s umelou výživou, potom sa k nemu pridali v posteli baby a tie jej omylom vytrhli katéter.

„Auč! Auč!" zastonala Veronica a chytala si rozkrok.

Zobral som to ako signál, že je najvyšší čas vypadnúť. Keď som odchádzal, sestričky vchádzali do izby. Nikoho to nesralo, pokračovali vo fotení!

Naskočil som do taxíka a premýšľal nad tým, že som práve prežil tie najdebilnejšie Vianoce v histórii ľudstva.

To som ešte nevedel, aké vianočné prekvapenie na mňa čakalo doma...

VIANOČNÁ NÁDIELKA

Taxikár to konečne stočil do mojej ulice. Už som sa nevedel dočkať, kedy budem doma. Dám si varené červené vínko, dobrý syr, čokoládový dezert... O ôsmej večer, v americký Štedrý večer, som chcel len jesť a spať.

Blížili sme sa k môjmu apartmánu, príjazd bol zablokovaný niekoľkými bielymi dodávkami. Z dvora vysvecovali veľké reflektory ako na futbalovom štadióne a chlapík nahodený v bielom ochrannom obleku až po hlavu (ako v Aktách X) vyšiel z brány s veľkým umelým vrecom.

Taxikárovi som dal stodolárovku.

„Nemám drobné, môžeme nazvať tie tri doláre tringeltom?"

„Tri doláre?" zdesene som sa opýtal.

„Platíš deväťdesiatsedem dolárov za jazdu, chlape, čo si čakal, že na Vianoce budem robiť zadara?" dopovedal a nebolo ho, hajzľa. Podobná trasa ma normálne stojí dvadsaťpäť dolárov.

Celý dvor bol zaliaty umelým osvetlením. Generátor hučal a podporoval reflektory. Ochrankár sa ku mne približoval a kričal cez hluk.

„Prosííím?" pýtal som sa hlasne.

Podišiel ešte bližšie: „Nemôžete ísť dnu."

„Prečo, čo sa deje?"

„Našli sme vo vašej pivnici životunebezpečný azbest."

„Na Štedrý deň?"

„Váš sused nahlásil výpadok elektriny. Poslali elektrikára, nech sa na to pozrie a ten si všimol v pivnici modré azbestové dosky. Podľa zákona musel zavolať environmentalistov."

„Ale ja tu bývam!" nedal som sa odbiť.

„Teraz určite nie. Máme príkaz evakuovať celú budovu, kým neodstránia azbest."

„Ako dlho to potrvá?"

„Týžden, možno dva. Sú Vianoce."

„To si zo mňa robíte prču?" naivne som dúfal, že je to zlý žart a pretláčal som sa cez neho dnu. Ochrankár ma silne zdrapol pod pazuchu a šiel po svojej zbrani.

„Musíte mi dovoliť, aby som si mohol zobrať svoje veci."

„Pane. Teraz ste klasifikovaný ako hazard sebe a ostatným."

Malá pekná Ázijčanka vyšla z prízemného apartmánu.

„Ahoj, ja som Marcia. Si môj nový sused?"

„Ahoj, áno, bývam nad tebou. Ján. Je normálne, čo sa tu deje?"

„No hrozné, som rada, že som bola doma, keď sa to celé udialo, mohla som si zbaliť nejaké handry. Merry Christmas, Ján."

Viem, že sme boli susedia len chvíľu, ale mohla si všimnúť, že som na Štedrý večer v riadnych sračkách, bez vecí, bez ničoho a nasratý.

„Prosím vás. Môžem si aspoň veľmi rýchlo zobrať notebook a pas?!"

„Môžem vás pustiť, iba ak urgente potrebujete lieky alebo ste darcom orgánov!"

„Nie som darcom."

Dokelu, prečo som nezaklamal? Hlavou mi prebehlo, aký orgán som mohol ponúknuť na výmenu za pas a notebook.

„Bohužiaľ, tak vás nesmiem pustiť dnu."

„Nie je pas urgentnou záležitosťou?"

„Pane, ako vám to mám povedať, aby ste mi rozumeli? VSTUP ZAKÁZANÝ! Ak si nedáte povedať, budem musieť zavolať políciu."

Chudák, vytešoval sa z úlohy ochrancu azbestu, asi prvýkrát v živote mal niečo pod kontrolou.

Ďalší dvaja ujkovia v ochraných oblekoch išli dovnútra, do mojej cieľovej stanice. Zo strechy spustili velikánsku bielu plachtu, ktorá zakryla celú budovu vrátane okien a dverí.

Vyšiel som na ulicu. Vo vrecku som mal kreditku asi s dvesto dolármi, iPhone a kľúče.

Sadol som si na obrubník, čakal na zázrak a premýšľal, čo ďalej. Derek a Hillary sú vo Vegas, Veronica nikdy nikomu nepomohla a teraz leží v nemocnici s vytrhnutým katétrom. Všetci ostatní, ktorých som poznal, mali práve sladké sny na druhej strane zemegule. Bol som v riadnej p..., s veľkým P!

Zavolal som majiteľovi apartmánu, vlastne jeho odkazovej schránke, ktorá bola plná. Elektrická brána pred mojím apartmánom sa zabuchla a ja som zostal v tme. Hlava mi padla do kolien.

Začul som auto a bol som oslepený jeho hmlovkami, keď prefrčalo okolo mňa. Zastavilo a hodilo pomaly spiatočku. Okno sa sťahovalo dolu.

„Hej, čo porábaš?" opýtal sa Hillary cez pištiace zuby.

„Myslel som, že ste vo Vegas?" prvýkrát som bol šťastný, že ich vidím.

„Vrátili sme sa, aby sme Veronice dali darček."

„Celá cesta z Las Vegas kvôli darčeku?" nechápavo som sa pýtal.

„Bola k nám dobrá, zaslúži si," klamal Hillary. „Čo je s vaším vianočným obedom? Stavili sme sa pri jej dome, ale bol tam len ten bláznivý psičkár natretý arašidovým maslom."

Skrátene som im povedal, čo sa jej stalo a aj o azbeste.

„Poď s nami, môžeš zostať u nás," ponúkol mi Derek.

„Áno. Poď, naskoč," povedal Hillary, „môžeš nám dorozprávať celý Veronicin príbeh a ja ti za klebety navarím večeru."

Ticho.

„Nebolo to vtipné?" vytešoval sa zo seba Hillary.

„Mal som namierené do hostela dole na Whitley Avenue."

„Na Štedrý deň? Sú plné oplicov," upozornil Derek.

„A demokratov," doplnil Hillary.

„O. k., vďaka."

Otvorili mi dvere, naskočil som na kašmírovú deku s Amber a Ginger. Nedalo mi nemyslieť, že obrubník by bol asi tou lepšou voľbou…

BEANO

Prišli sme do Derekovho a Hillaryho domu. Bola v ňom tma a chlad, nikde nemali vianočné ozboby. Vo vysvietenom Hollywoode vyzeral ich dom veľmi smutne.

Po mramorovom schodisku ma zaviedli do mojej izby. Mal som v nej veľkú plochú telku, obrovskú posteľ a kúpeľňu s hnedými mramorovými stenami a so skleneným sprchovacím kútom.

Čo by som robil, keby ma nestretli po ceste? Cítil som sa veľmi vďačný.

Nemal som čo vybaliť, tak som si len vyložil kreditku a mobil na nočný stolík a šiel za nimi dole.

Derek krájal cibuľu a Hillary strúhal mrkvu.

„Hej, si zabývaný?“ žmurkol na mňa Hillary.

„Ak chceš, zapni telku,“ povedal Derek.

Na ABC bežal American Muffin, akože vianočný film, aká irónia po tom, čo som zažil s Veronicou na Štedrý deň.

„Chceš si to pozrieť?“ opýtal sa Derek.

„Ani nie. Nemám náladu na ten film. Mal som Veronicy

Madison viac na jeden deň, ako je zdravé, som ňou predávkovaný.“

Dorozprával som im o jej nehode a o tom, v akom stave mala dom. Jediné, čo po mojom vášnivom rozprávaní o prepichnutej nohe, arašidovom love na potkany a šialenstve v nemocnici dokázal Hillary povedať počas miešania polievky, bolo: „Videl si, aký krém na tvár používa?“

„Nie, nevšimol, mal som iné starosti.“

„Chceli sme Veronicin dom kúpiť,“ podotkol Derek, „predávali ho za tristotisíc dolárov, ale potreboval veľké opravy. Dverové rámy sú veľmi nízke. Určite si o ne stále búcha hlavu.“

„Myslím, že v ňom ešte nič neopravila, bol v dezolátnom stave,“ zapojil som sa.

„Má neskutočne veľký dom v New Orleans, taký starý francúzsky kaštieľ,“ vášnivo sa pridal Hillary, „kopu peňazí doň investovala na opravy. Vedel si, že za American Muffin 3 dostala šesť miliónov dolárov?“

„Mne sa sťažovala, že je na mizine,“ prekvapene som odpovedal.

„Veď aj je. Frajer, teraz už exfrajer, jej ukradol všetky peniaze,“ škodoradostne povedal Hillary.

„Ako jej mohol ukradnúť všetky peniaze? Aj to sa dá?“

„Krava, urobila z neho stavbyvedúceho v New Orleanse,“ Hillary zvýšil grády. „Tvrdila, že si dlho nevšimla, ako sa jej peniaze vytrácali... Šesť miliónov by som si všimol hneď.“

„Oooh, ty si všimneš, keď zmizne šesť dolárov,“ ironicky povedal Derek.

„Čo je s ním teraz?"

„Minulý mesiac sa oženil s Veronicinou bývalou asistentkou," Hillary pridal korenie do polievky.

Derek odišiel na záchod.

„To ju muselo raniť. Nemôže sa s ním súdiť?"

„Je na mizine, nemá za čo. Celý Hollywood si o tom šušká."

Trvalo mi chvíľu, kým som tie informácie strávil. Pozrel som sa späť na potichu hrajúci American Muffin 3. Osemročný film a stále ho omieľajú dokola, dokonca ako vianočný film. Nešlo mi do hlavy, prečo teda vyhodila scenár na American Muffin 4 bez toho, aby ho čo i len otvorila. Ak je zúfalo na mizine, tak jej pokračovanie môže zabezpečiť riadne veľký prísun peňazí. Asi jej preskočilo... neviem si to inak vysvetliť. Derekovi a Hillarymu som scenár radšej nespomenul.

Hillary mi pri varení povedal, že najlepšie bude zájsť k právnikovi, ten mi vraj pomôže dostať sa k svojim veciam.

„Ako to myslíš, Hillary?"

„Mal som známeho v New Yorku, tiež našli v jeho budove azbest, nikdy mu nedovolili vrátiť sa a vyzdvihnúť si veci. Nakoniec budovu zbúrali a on o všetko prišiel. Nikto mu nič nevykompenzoval ani nevysvetlil. Musíš ísť za právnikom, Ján."

„Nestratil som šesť miliónov dolárov, ale aj tak nie je šanca, aby som si mohol dovoliť právnika."

Hillary nám naservíroval hrachovo-fazuľovú polievku. Bol som taký vyhladovaný, že som svoju porciu vypil ako prasa z válova. Počas mojej polievkovej extázy som si všimol, ako si Derek a Hillary potajme niečo vyberali z vreciek a pchali do úst. Robil som sa, že nevidím, ale bol som veľmi zvedavý, čo to bolo. Asi nejaké antidepresíva? Pousmial som sa a chcel si ísť ľahnúť, oni však prišli s návrhom pozerať niečo na Netflixe (online DVD požičovňa). Nechcel som byť nevďačný, tak som súhlasil. Všetky dobré filmy stáli štyri doláre na noc, no neprekvapivo Hillary vybral film, ktorý bol zadarmo. Eyes wide open (Oči otvorené dokorán) bol film o ortodoxnom židovskom mäsiarovi, ktorý sa zaľúbi do iného ortodoxného židovského chlapíka. Keďže nemôžu byť spolu, mäsiar spácha samovraždu. Film nebol zlý, ale hrozne ťažký a intenzívny, nie príliš najšťastnejší výber na vianočný večer.

Z Hillaryho famóznej polievky ma katastroficky zdúvalo. Také vetry som ešte nezažil. Musel som si odbiehať do medenej toalety, aby ma neroztrhlo. Čudoval som sa, ako dobre to znášal Derek a Hillary, tváre mali ako snehové kráľovné. Neboli typmi ľudí, pri ktorých som si mohol len tak pustiť. Chcel som ich mať naklonených na svojej strane, dávali mi predsa posteľ pod svojou strechou. Predstavil som si, ako ma vyhodili na ulicu po tom, čo som explozívne prdol na ich koženej sedačke. Na mojej štvrtej návšteve inotriedneho zariadenia mi to riadne vybuchlo v medenej mise a zazvonilo ako zvonec na kostole. Hanbil som sa ako mníška na striptíze. Musel som zistiť, či ma počuli, pritlačil som ucho na dvere a skúmal, či ich počujem. Keď ich nemôžem počuť, tak ani oni mňa nemohli. Vydýchol som si, otvoril skrinku pod umývadlom a zistil ich tajomstvo. Mali tam množstvo malých tabletkových fľaštičiek, aké som nikdy predtým nevidel. Na nálepke bol názov lieku – Beano

– a návod, ktorý objasňoval, že liek eliminuje prdy. Jeden pred jedlom a zopár počas jedla, ak ide o veľmi „veternú" stravu. To je ono, oni sa celé jedlo napchávali pilulami a mňa nechali napospas osudu!

Pozrel som sa na hodinky. 23.30. Chvalabohu, tieto hrozne choré „americké" Vianoce budú o chvíľu minulosťou.

Vrátil som sa do obývačky, kde na mňa čakali so zastaveným filmom. Odpauzovali ho na finálnej scéne, kde sa židovský mäsiar rozlúčil so svojím židovským milencom a skočil do pariaceho sa termálneho prameňa, kde sa utopil.

Fakt depresívny koniec mojich prvých hollywoodskych Vianoc.

Povedal som im, že som unavený, poďakoval sa za všetko a šiel spať.

„Dobrú noc," zaželal Hillary.

„Dobrú noc a ešte raz Merry Christmas, Ján," milo ma odprevadil Derek.

„Oooh," Hillary sa otočil ku mne, „zajtra ideme späť do Las Vegas, máme lístky na Miss Amerika. Chceš ísť s nami?"

„Áno. Ďakujem."

Do kelu, prečo som súhlasil? PREČO...?

SMER LAS VEGAS!

Vstal som ksichtom nalepeným na neskutočne jemný vankúš. Derek a Hillary po sebe vrieskali v kuchyni. Ich hlasy „echovali" po mramorových schodoch až ku mne.

„Zase poškrabala vyjebanú stenu," hulákal Hillary, „musíš jej už niečo povedať!"

„Ty jej povedz, teba rozčuľuje ten neviditeľný škrabanec. Ja mám prácu," zakričal Derek.

„Čo to má znamenať, čo hučíš?!" kričal Hillary ešte hlasnejšie.

Derek začal ustupovať so strachom v hlase. Hádali sa kvôli upratovačke, čo im oškrela stenu.

Otvoril som hodvábne závesy, izbu zaliali slnečné lúče. Pozeral som na veľké písmená HOLLYWOOD, zasadené do krásnych kopcov, a bohaté susediace vily. Podo mnou sa trblietala voda v bazéne.

Derek a Hillary chceli vypadnúť do Las Vegas čím skôr, aby sme neprišli neskoro na Miss Amerika, ktorá sa začínala o piatej poobede. Nemal som žiadne handry, tak mi

Hillary pompézne otvoril svoj megašatník a požičal oblečenie. Nikdy som ich nevidel nahodených v ničom inom, ako tých istých šortkách a starých tričkách, tak som bol šokovaný množstvom značkových vecí, ktoré mali v šatníku nahromadené, prevažovali Ed Hardy veci.

„Derek je dosť starý na to, aby nosil Ed Hardy,“ pošuškal mi Hillary. „Ja v nich vyzerám *coolovo*.“

Myslel som, že sranduje, mýlil som sa. Hillary v Ed Hardy musí vyzerať ako starý trapák, čo tancuje na kastingoch do Česko Slovensko má talent!

Našťastie mi dovolili vybrať aj z poličiek natrieskaných Armani handrami, ku ktorým som si zobral čierne levisky.

Mala to byť relaxujúca jazda cez púšť do Las Vegas, cesty boli prázdne, bolo slnečno a scenéria bola nádherná, ale Derek a Hillary násilne tlačili na počúvanie chlapíka v rádiu, volal sa Glenn Beck. Pravicový, evanjelický, politický komentátor, ktorý sa vyznačuje množstvom nenávisti a hnevu. Štyri hodiny cesty nabádal ľudí proti prisťahovalcom, demokratom, inak veriacim... Spochybňoval legitímnosť miesta narodenia Baracka Obamu a celkovo len ľudí huckal proti sebe. Derek s Hillarym ho podporovali hlasivkami a tlieskaním.

Ja som dostal veľmi milú správu od Veronicy:

„JANOVI, MOJMU RYTIEROVI V LESKLEJ ZBROJI. SOM TI VECNYM DLZNIKOM ZA ZACHRANU ZIVOTA. PREPAC ZA TIE HOLLYWOODSKE SRACKY V NEMOCNICI. V SOUBIZNISE SI NESMIES DOVOLIT BYT CHORY, INAK TI NIKTO NEDA PRACU... CHCEM SA TI VELMI ODVDACIT A ZAMESTNAT TA V NOVOM ROKU.

CO PORABAS?

URCITE MAM PRE TEBA PRACU!!

PS: VDAKA ZA NAJDENIE SCENARA NA AMERICAN MUFFIN 4 A DISKRETNOST!“

OXOXO (O – v anglických správach znamená objatie, X – pusu)

Odpísal som jej:

„NEMAS ZAC. DUFAM, ZE SA CITIS LEPSIE. MOJ APARTMAN JE ZABLOKOVANY ENVIRONMENTALISTAMI. AZBEST!!! NEMAL SOM KAM IST.

NA CESTE DO VEGAS S DEREKOM A HILLARYM!“

Nezvyčajne hneď odpísala späť:

„PREBOHA ZIVEHO! JE MI TO LUTO. DOVOLILA BY SOM TI ZOSTAT U MNA, ALE VIDEL SI, AKE TO TAM MAM. AAH... POTREBUJEM NOVEHO ASISTENTA, NECH MI DA DOKOPY DOM A ZIVOT.

KEDY SI SPAT V L. A.?“

OXOXO

„VRATIM SA NA NOVY ROK.“

„OK, TEXTNI MI, KED BUDES SPAT.
SKOCIME NA KAVU. CHCEM VSETKY
PIKOSKY O DEREKOVI A HILLARYM.

P. S.: KATHY BOLA U MNA. MIKE NATREL
ARASIDOVE MASLO PO STENACH
V OBYVACKE, TAPETY MA VYSLI NA $
4 000 ZA METER.

P. P. S: AK PODPISEM POKRACOVANIE
AMERICAN MUFFIN, BUDES MOJIM
STYLISTOM. SLUBUJEM!!”

VERONICA

OXOXO

„Sme už blízko Vegas!“ upozornil ma Hillary, „s kým textuješ?“

„Aah, s maminou,“ oklamal som.

Usadil som sa s „babami“ a premýšľal nad American muffin 4. To bude bomba, ak mi to vyjde. Spomenul som si na prvú časť filmu, videl som ju v starom dobrom komunistickom Kine Moskva v Nitre. Nikdy sa mi ani nesnívalo, že by som pracoval na jeho pokračovaní.

Nuž, ale už som bol v rovnakej situácii s Veronicou pred tým a ako to dopadlo. Mal som však pocit, že sa situácia zmenila a vydobyl som si u nej väčší rešpekt a dôveru po tých katastrofických Vianociach.

Zachránil som jej život.

Dôverovala mi s vlastným domom, plným „tajných"
scenárov.

Textovala mi prvá.

Napísala:

„BUDES MOJIM STYLISTOM!!!"

Z vlastných skúseností si myslím, že sa nachádzam
v situácii, keď sa začínam strácať sám pred sebou
v hollywoodskych sračkách a amerických klamstvách. Byť
súčasťou života hollywoodskej hviezdy vás dokáže dosť
morálne skorumpovať. Pozrite na prípad Dereka
a Hillaryho. Na Štedrý deň sa vysrali na Derekových
rodičov, odšoférovali 368 kilometrov z Vegas do Los Angeles
kvôli minimálnej šanci obeda s Veronicou Madison a jej
kontaktmi.

Nemyslím, že som sa dal veľmi skorumpovať filmovou
hviezdou, ale uvedomil som si, že už sa nesprávam
k Veronice ako k obyčajnému smrteľníkovi, ale nechávam
ju zájsť oveľa ďalej.

Veľmi si želám, aby som ju vtedy poznal tak dobre, ako
ju poznám teraz. Odpísal by som jej na správu úplne inak,
veľmi stručne: „FUCK YOU!!!"

Bohužiaľ, nebol to ten prípad. Odložil som mobil
a vytešoval sa z mojej fantastickej budúcnosti.

Taktiež som sa veľmi tešil na svoju prvú návštevu mesta
hriechov!

MISS AMERIKA

Las Vegas sa rozprestiera v strede nevadskej Mohavskej púšte a je prezývané Sin City (mesto hriechu) pre gamblovanie a alkohol, ktorý preteká mestom. Vegas delia dlhé kilometre od najbližieho mesta. Šoférovali sme z Los Angeles vyše štyroch hodín, prechádzali púšťou v spoločnosti kaktusov a júk. V pozadí sa rozprestierali kopce a všade bol piesok, z ktorého sa neskôr vynorili mrakodrapy, hotely, kasína.

S veľkosťami, akými sa prezentuje Las Vegas, som sa nikdy v živote nestretol! Všetko je proste mega.

Autom sme vošli do centra mesta po *boulevard*, ktorý sa volá The Strip. Devätnásť z dvadsiatich siedmich najväčších hotelov sveta je práve na tejto sedemkilometrovej ulici vo Vegas.

Každý hotel je postavený v inom štýle ako na karnevale.

Hotel Paris má stošesťdesiatpäťmetrovú repliku Eiffelovej veže, prechádzajúcej cez strechu hotela a kasína, taktiež má repliku Víťazného oblúka.

Hotel New York, New York má štyridsaťpäťmetrovú repliku Sochy slobody a panorámy New Yorku s najznámejšími mrakodrapmi a dlhý *roller coaster* prechádza plný vystrašených ľudí okolo celej megabudovy.

Hotel The Venetian (benátsky) má repliku benátskeho kanála (o dosť čistejšieho, ako je originál v Taliansku) zaplaveného gondolami so spievajúcimi gondoliermi. Kanál podchádza pod repliku svetoznámeho mosta Rialto, až k replike Námestia Svätého Marka.

V hoteli Ceasars Palace napodobnili kópiu Kolosea, v ktorom nevystupujú gladiátori, ale Cher, taktiež známe rímske námestia a fontány.

Luxor hotel ja tridsaťposchodová sklenená čierna pyramída s luxusnými izbami, kasínami a každý večer v nej predvádza svoju kúzelnícku šou Criss Angel.

Hotely, okolo ktorých sme prechádzali, boli megalomanské, také malé mestá roztiahnuté na neskutočných hektároch pozemkov, s tisíckami izieb.

The Stratosphere (podobá sa na bratislavské UFO, len o dosť väčšie) má adrenalínové kolotoče na streche tristopäťdesiatmetrovej veže, v MGM Grand je výbeh s levmi a tigrami, v záhrade hotela The Flamingo sú živé ružové plameniaky a, samozrejme, musím spomenúť množstvo kasín, ktoré sú otvorené nonstop, tristošesťdesiatpäť dní v roku. Na Stripe to bolo, akoby sme prechádzali jednou veľkou párty. Ožratí turisti, gambleri, chalani a baby lúčiaci sa so slobodou... Na chodníkoch boli zastúpené všetky národnosti. Vo verejných priestranstvách vo Vegas je dovolené konzumovať alkohol, vo väčšine amerických štátov je to zakázané, takže to všetky hotely šikovne využívajú. V baroch vám ponúkajú megadrinky. Ulice sú potom zaliate ľuďmi s trojlitrovými pohármi plnými piva alebo margerity, zavesenými na krkoch.

Pozrel som na Dereka a Hillaryho. Prečo si práve tu kúpili apartmán? Hillary neznášal, keď Derek vypil viac ako malý pohár vína, ani jeden z nich nebol veľmi na módu a spávať chodili po večerných správach. Ich životný štýl bol viac Vráble ako Las Vegas!

Odbočili sme zo Stripu na ulicu, ktorá sa volala (ironicky) Paradise Boulevard (Ulica raja). Hluk a farebnosť sa skončili na odbočke. Vošli sme do časti Vegas, kde stáli luxusné apartmánové veže. Derekov a Hillaryho apartmán bol vo vysokej bielej budove obklopenej zmanikúrovaným trávnikom, fontánami a bazénmi. Prechádzali sme cez ochrannú bariéru so strážnikom v lokajskej uniforme a vchádzali do podzemnej garáže, kde kamera zoskenovala poznávacie číslo auta a otvorila bránu. Nakoniec sme sa zviezli výťahom, ktorý fungoval iba po zadaní PIN kódu.

„Tento váš apartmán je ako pevnosť," zasrandoval som.

„Michal Jackson tu býval aj s deťmi, Paris, Princeom a Blanketom," vymenoval mi zoznam Jacksonovho pokolenia Hillary s vážnosťou v tvári.

Derek sa na mňa usmial a mali sme čo robiť, aby sme nevybuchli smiechom.

Súkromný výťah nás vyviezol na štrnáste poschodie. Amber a Ginger štekali od nadšenia, očividne milovali luxus ako ich majitelia.

Derek a Hillary boli typickí americkí republikáni. Verili, že mať kopu peňazí znamená, že majú skvelý vkus. Apartmán bol krásny, ale tak ako ich vila v Hollywoode bol zariadený podľa toho, koľko kusy nábytku stáli a nie podľa toho, či sa k sebe hodili. Nedávno doň kúpili malinký perzský koberec za päťdesiattisíc dolárov. Hillary o ňom trepal v zmysle, že je lepší človek ako ten, kto si päťdesiattisícový koberec nemôže dovoliť. Kapitalista v najhoršom zmysle slova!

V obývačke bolo miesto steny jedno veľké okno s pohľadnicovým výhľadom na hory v nevadskej púšti. Za horizontom vyčačkaných trávnikov, hotelov a betónu bol len piesok a kaktusy. Bol to unikátny, prekrásny výhľad. Ironicky to najhodnotnejšie, čo mali v apartmáne, ale všetky kreslá a stoličky v izbe boli naaranžované chrbtom k výhľadu a smerom k megatelke. Zaviedli ma do mojej izby, ktorá bola vo vlastnom krídle. Bola v nej kúpeľňa z bieleho mramoru s dvomi zlatými umývadlami, televízorom, jacuzzi a so sprchovacím kútom, ktorý mal zabudované kreslo. Vedľa neho záchod a stolík s telefónom. Keby som bol zo sicílskej mafie, tak by som sa cítil ako doma.

V mojej spálni bola posteľ ako na bojnickom zámku, veľká so závesmi, a balkón. Hillary na ňom otvoril sklené dvere a ukazoval mi výhľad na Ceasars Palace, MGM Grand, The Strip...

„Musíme sa začať chystať na Miss Amerika,“ povedal vzrušene Hillary.

Miss Amerika bola čudným zážitkom, veľmi bizarným.

Ani som len netušil, akou veľkou šou Miss Amerika je. Vysielala ju naživo televízia FOX, jedna zo štyroch hlavných staníc v USA. Aby ste mali predstavu, FOX vysiela šou

American Idol, ktorú pozeráva vyše dvadsaťpäť milónov ľudí (približne päťnásobok populácie Slovenska).

Stanica očakávala ešte väčšie čísla od súťaže krásy.

Bol som prekvapený, že sa Hillarymu podarilo kúpiť lístky na taký exkluzívny event. Budem možno sedieť vedľa Evy Longorie alebo Rihanny. Tešil som sa.

Obliekli sme sa do slušných handier. Od Dereka som si požičal oblek a košeľu. Nechcem byť nevďačný, ale všetci traja spolu sme vyzerali ako Jehovovi svedkovia, keď sme odchádzali do hotela Planet Hollywood.

Prvýkrát som spozornel, keď nás oblepili oranžovými náramkami ako na kúpalisku a zaviedli do veľkej miestnosti podobnej tej z Talentu, kde vysedávajú súťažiaci. Ženská z produkcie nám fašisticky oznámila, že sa nemáme pohnúť zo svojich stoličiek a na záchod nebude čas. O hodinu nás hnali cez pivničné časti (aké vidieť len v akčných filmoch) nekonečnými koridormi hotela.

„Kedy si vyzdvihneme lístky?" spýtal som sa Hillaryho.

„Tieto náramky sú naše lístky," ukazoval na oranžovú nálepku.

Zastavili sme sa na betónovom schodisku, nad ktorým trčalo hnusné zhrdzavené potrubie a opäť na nás hučali, aby sme čakali. Všetci vyzerali natešení, mne bolo zima a bol som trochu znudený.

O polhodinu neskôr sme sa dopracovali do obrovského vestibulu divadla v hoteli Planet Hollywood.

Mladý chalanisko sa k celej skupine prihovoril:

„Ahojte, ľudkovia, volám sa Troy a ďakujem vám za to, že ste našimi *seat fillers* (vyplňovači sedadiel) na 89. ročníku Miss Amerika."

„*Seat fillers*, to je čo za blud?" povedal som Hillarymu, Troy ma učušal.

„O chvíľu vás odvedú dovnútra a usadia vás do určených sedadiel. Je dôležité, aby ste urobili presne to, čo vám bude nariadené. Za tridsať minút začíname priamym prenosom na východe USA."

Dav ľudí podporne piskotal a kričal: „Boh požehnaj Ameriku!" To už Troy nenašuškával.

„Ak vám poviem, padajte zo sedadla, tak vypadnete hneď," nadradene povedal Troy, „keď vám poviem, stepujte, čo urobíte?"

„Zastepujeme," tisíchlasne odznelo.

Prevrátil som očami na Hillaryho a Dereka, tí však boli zaneprázdnení škerením sa na zúfalcov a Troya.

„Je veľmi vtipný," natočil sa ku mne Hillary.

Troy dodirigoval a uviedol nás do divadla.

Nechcene som bol očarený. Kapacita hľadiska bola desaťtisíc, strop vyšší ako v katedrále a divadlo bolo dekorované červeným velvetom. Velikánske pódium bolo lesklé so sklenenými piliermi, dlhým mólom, megaobrazovkami. Vzadu pódia boli veľké odsúvacie dvere. Televízne kamery sa presúvali na kolieskach a žeriavoch. Stočlenný živý orchester si chystal nástroje. Bolo to vzrušujúce.

Vzrúšo vydržalo, kým mi Troy nakázal opustiť svoju sedačku. Skupiny *seat fillerov* s ružovými a modrými náramkami vyčkávali na vstup za nami.

Ženská ako hroch nás viedla strednou cestou k novým miestam.

„To je fakt paráda," utrúsil som Hillarymu.

„Moc sa neudomácňuj,“ šplechol Troy.

Za polhodinu sa hľadisko zaplnilo neskutočnou rýchlosťou. Problém bol v tom, že sedačky, kde nás usádzali, mali väčšinou majiteľa s kúpeným lístkom. Nás použili na vyplnenie, ak sa platiaci majiteľ nedostavil, aby hľadisko v priamom prenose vyzeralo zaplnené!

Neskôr ma ešte presunuli kvôli šedivému ‚dedkovi‘ v obleku, ktorý prišiel s dvadsaťročnou ryšavou šľapkou.

„Padaj, rýchlo si nájdi miesto inde,“ zaškrečal Troy. „Hocikde.“

Našiel som si miesto blízko pódia, predo mnou usadili Dereka a Hillaryho.

„Nie je to tu super? Super *cool*?“ povedal Hillary.

„Dokedy nás budú prehadzovať?“ opýtal som sa nasrane.

„Veľa ľudí s lístkami sa na takéto akcie niekedy ani nedostaví, mali by sme byť v pohode,“ uspokojene ma až do kosti iritoval ten debil Hillary.

Ďalší platiaci párik sa dostavil k môjmu miestu, takže som sa musel presúvať znovu. Nebol to koniec. Presúvali ma ešte dva razy. Keď Troy zmizol, usadil som sa na super miesto pred pódiom. Vtom ku mne podišla hrošia fúria,

„Vypadni! Tu sedí miss Pensylvánia!“

Stále viac a viac ľudí vchádzalo do divadla, takže pre nás zostávalo čím ďalej tým menej miest na sedenie.

Začalo sa päťminútové odpočítavanie do priameho prenosu. Dav platiacich na poslednú minútu chodiacich divákov sa vtrepal do svojich sedačiek a ja som zostal postávať v hlavnej cestičke plnej televíznych kamier.

„Vypadni zo záberu,“ zasyčal Troy prichádzajúc ku mne.

Našiel som si konečne miesto v štvrtom rade, iné voľné miesta som už nevidel, tak som sa usadil. V hlavnom priechode pri dverách sa zoraďovalo všetkých päťdesiatdva súťažiacich z celej Ameriky v šerpách označujúcich štát, ktorý reprezentovali.

Odpočítavali posledných šesťdesiat sekúnd. Už len minútka a ja mám super miesto! Tešil som sa predčasne. Novinár s foťákom mi poklepal po pleci: „Si na mojom mieste.“

„Tridsať sekúnd!“ oznámil odpočítavač. Troy mu schmatol mikrofón a začal sa prihovárať hľadisku.

„Okej, dámy a páni, za pár sekúnd ideme naživo.“

Pozrel som na novinára, ktorý na mňa hádzal pohľady a vstal som.

„Dvadsať sekúnd!“

Zostal som zaseknutý v hlavnom priechode, kde sa chystali húfy kamier na priamy prenos, už som vyčerpal svoje možnosti a nemal kam ísť. Hlavný priechod pred pódiom bol zablokovaný ochrankou.

„Desať, deväť... Slečny, ste nachystané?“

Všetkých päťdesiatdva amerických missiek vyštartovalo mojím smerom, korunky sa im trblietali od reflektorov, neprirodzene vybielené, bojovo vycerené zubiská osvecovali viac ako hlavné osvetlenie a oči sa im leskli ako vlčiciam pred útokom.

„Päť, štyri, tri...“

Kamera zachytená na kameramanovi sa prešvihla okolo mojich uší, v zábere na veľkej obrazovke som videl missky hrnúce sa na mňa. Preboha, o pár sekúnd ma prevalcuje stoštyri ostrých opätkov v priamom prenose. To bude ale smrť!

Kameraman sa nekontrolovateľne rýchlo vracal smerom ku mne.

V poslednej sekunde som skočil do hľadiska medzi elegantne nahodené staršie americké dámy. Missky pochodovali tesne pri sedačkách. Orchester začal hrať a moderátor sa začal prihovárať do kamier a hľadisku:

„Sledujete osemdesiaty deviaty ročník súťaže Miss Amerika, ktorú vám prinášame naživo z divadla hotela Planet Hollywood v Las Vegas!"

Pozrel som hore na rozčarovanú tvár staršej nahodenej Američanky. Dopadol som tvárou v jej rozkroku zahalenom v trblietavých modrých šatách.

„Prepáčte... Som, len... aahh... vypĺňam len sedačky, madam," nič iné mi v tej sekunde nenapadlo, debila.

„Nuž, moja je plná!" odpovedala vystrašene.

Troy sa objavil za mojím chrbtom.

„Musím s tebou hovoriť!" snažil sa byť diplomatický. „Čo ti drbe? Čo tu vyvádzaš?"

To bola posledná kvapka mojich nervov, elegantne som na neho zvýšil hlas a povedal mu, nech sa ide pojebať. Vyzeral šokovaný a dal ma vyviesť ochrankou, ktorá ma zdrapila o dosť tvrdšie, ako bolo pohodlné. Zvyšok šou som dopočúval podľa mňa v najlepšom sedadle celého divadla, v barovom.

Po súťaži som zobral pár margarít Derekovi a Hillarymu. Tí boli ešte aj po súťaži v tom, že mi kúpili lístok na Miss Amerika a nieže to bol len lepiaci náramok zadara, ktorým si stanica FOX TV dopomohla k zaplneniu hľadiska.

Po celom bordeli sme zašli do baru v hoteli WYNN. Je neskutočne nádherný a vnútri rastú rôznorodé exotické rastliny.

„Bože, prekrásne!" povedal Hillary.

„Áno," povedal som, kým sme si sadali pod strop obrastený orchideami, „ako ich tu asi tak pestujú?"

„Nehovorím o orchideách, ale o babách z Miss Amerika," odvrčal Hillary.

Hlavou mi prebleskol záber missiek rútiacich sa na mňa s neprirodzenými zubami, plastickými tvárami a silikónovými prsami, bola to armáda nahuckaných barbín.

„Neboli vôbec prirodzene krásne. Mali urobené nosy, nezdravo vystrojčekované zuby, zosolárkované vyschnuté tváre zakryté dvojcentimetrovým mejkapom," chcel som im povedať, že neboli ani len náplasťou na naše Christové, Lakatošky a Verešky, ale nevedeli by, o čom hovorím.

„Vieš, ony sú také barbiny," povedal Derek.

„A Barbie je krásna," bojoval Hillary. „Barbina je založená na tom, že ľudia z Ameriky sú najkrajší na celom svete."

„Na celom svete?" spýtal som sa.

„Samozrejme!" zvýšil hlas Hillary.

„Takže ty si navštívil všetky krajiny sveta a môžeš porovnávať?"

„Nemusím nikam cestovať, máme Discovery a National Geographic Channel, mám to ako porovnávať!"

Ak by som mal kde bývať a nebol u nich dobrovoľným rukojemníkom, tak by som toho ignorantského, arogantného bastarda poslal tam, odkiaľ vyšiel, keď sa narodil.

Derek dopil svoju margaritu, vstal a spýtal sa ma, či mám chuť na ďalšiu.

„My si dáme ďalšie kolo," nenechal ma odpovedať Hillary a nadirigoval zvyšok večera.

Derek sa poslušne, bez odvrávania posadil.

Mal som hroznú potrebu mať pri sebe Robiho. Mohli by sme spolu vypadnúť a poprechádzať sa po Vegas. Namiesto toho som sa musel vracať späť s nimi.

Nevedel som PIN kódy do ich pevnosti.

Do frasa!

SILVESTER

Ďalších pár dní vo Vegas prechádzalo rutinne. Vstávali sme o deviatej a chodili do *club housu*.

Bol vo veľmi elegantnej budove. Bolo v ňom niekoľko barov, reštaurácií, vrátnik a podzemné fitko s wellness, všetko exkluzívne len pre rezidentov.

Derek a Hillary zašli do fitka a ja plávať a do jacuzzi. Potom obaja chodili na obchádzky po svojich nehnuteľnostiach a mňa nechali strážiť psy a apartmán. Nenudil som sa. Pozrel som si filmy, oddýchol. Bol som v rozpočtovom provizóriu, tak som nechcel moc míňať. Chcel som zájsť na Strip, niekoľkokrát som to spomenul, ale vždy mali nejakú výhovorku. Raz bolo neskoro, inokedy zima (v púšti?) alebo to bolo nebezpečné. Tiež sa vyhýbali tomu, aby mi museli dať kódy od dverí a brán.

„Pôjdeme na Strip na Silvestra," povedal Hillary, „po párty, ktorú u nás chystáme."

Hillary nahovoril manažéra *club housu* na predávanie jeho kozmetiky Without Years v ich wellness. Ráno 31. 12.

mi ponúkli, či chcem ísť s nimi navštíviť ich zákazníčku Kelly, ktorá bude aj na večernej párty.

Pri odchode sa Hillary vrátil a zobral videokameru. Spýtal som sa, na čo mu je.

„Natáčam youtube video o ľuďoch, ktorých Without Years pretransformoval. Kelly ho používa a vyzerá neskutočne fantasticky.“

Kelly žila aj so svojím manželom v panthouse. Boli až smradľavo bohatí. Veľmi vrúcne nás privítala energická malá blondínka s umelým chrupom a prsami. Mala tak do päťdesiat rokov. Usadili sme sa v jemných kožených fotelkách a Hillary jej dával pokyny, čo má hovoriť do jeho youtube videa. Nemohol som si nevšimnúť veľký obraz na stene, ktorý visel nad Kelly, bola na ňom olejovými farbami namaľovaná nahá ženská rozcapená na diváne. Mala objemné prsia so stvrdnutými ružovými bradavkami a ruky založené za hlavou. Všetko mala detailne vystavené na obdiv, môžem povedať, že až tak detailne, že farba jej blonďavých vlasov sa nezhodovala s farbou ochlpenia v rozkroku.

„Aaah!“ vyšlo zo mňa nahlas.

„Čo sa stalo, Ján?“ opýtal sa ma Derek.

„Nič,“ klamal som. Došlo mi, že detailne nahá ženská na olejovom obraze bola naša hostiteľka Kelly!

Kellin manžel Emery prišiel do obývačky a podal nám všetkým ruku. Mal nad šesťdesiat, zčervenalú tvár, bol dosť pri tele, brucho sa mu prelievalo cez opasok.

„Tvoja manželka vyzerá skvele,“ strkal sa mu do riti Hillary.

Snažil som sa nepozerať na obraz.

„Kelly, si šťastný človek. Narodila si sa s takými nádhernými blonďavými vlasmi," Hillary neprestával.

Musel som si zahryznúť do jazyka, aby som nevybuchol.

„Máme prísny režim," povedal Emery, „ona dostáva zdravé jedlo, dlho behá va vo fitku a vďaka tvojej kozmetike má postarané o pleť," opísal svoju manželku ako závodnú kobylu.

„Moja kozmetika je zázračná," povedal Hillary, „nechce sa mi veriť, ako skvele vyzerá vo svojom veku."

„Nuž, mala aj inú pomoc," pousmial sa Emery.

„Neverím! Akú?" opýtal sa Hillary bez zábran.

„Dva faceliftingy, vysatý ritný tuk a tie prsíčka ma stáli vyše dvanásťtisíc dolárov."

Hillary bol sklamaný, keď počul, koľko mala plastík. Ten idiot fakt veril, že za jej zjavom je jeho zázračný krém.

„Vyzeráš nádherne," zachraňoval situáciu Derek.

„O dosť lepšie ako tá stará šľapka," Hillary prstom ukazoval na olejovú maľbu na stene.

„Tá stará šľapka na stene som ja," povedala urazene Kelly. „Emery ma dal maľovať pred faceliftami."

O pár sekúnd nás už vyprevadili k dverám, bez youtube videa a taktiež s tým, aby s nimi nepočítali na silvestrovskej párty.

Bez nich Hillarymu a Derekovi zostal iba jeden hosť, Kevin z realitky, s ktorým pracovne strávili posledných pár dní.

Silvestrovská párty bola asi najkratšia, akú som kedy zažil.

Kevin bol najnezvyčajnejším Američanom, akého som

na západnom pobreží stretol. Bol chudobný, mal hnilé zuby a katastrofálne sa obliekal, ale bol milý a priateľský.

Hillary a Derek boli jeho zamestnávatelia, a to sa odzrkadlilo na Kevinových nervoch. Vypil dve fľašky vína za prvú hodinu, posmelilo ho to k vtipkovaniu a nebojácnosti, Hillary a Derek boli znechutení. O deviatej sme sa usadili k čipsom a omáčkam za nízky stôl v obývačke. Pod ním bol ten známy päťdesiattisícový (dolárov) perzský minikoberec.

Zahriaty vínom začal Kevin rozprávať neskutočne zaujímavé príbehy. Jeho otec bol v armáde a pracoval v AREA 51 v Mohavskej púšti, kde sa v päťdesiatych rokoch dvadsiateho storočia vyskytovali mimozemské aktivity. Povedal nám, ako tam americká vláda dala vytvoriť kompletne priehľadnú kravu. Cez jej priesvitnú kožu bolo vidieť všetky orgány vrátane bijúceho srdca!

Kevin priveľmi gestikuloval a nechtiac polial perzský koberec červeným vínom.

Hillary vyskočil z kresla:

„Kurva, čo si to urobil?!" kričal. „Stál päťdesiattisíc dolárov!"

Kevin zostal vyplašený a hneď sa ospravedlňoval.

„Máš päťdesiattisíc dolárov?" Hillary kričal ešte hlasnejšie.

Kevin sa nadýchol, otvoril ústa, no nedostal sa k slovu.

„Samozrejme, že nemáš, ty z kurvy syn. Nemôžeš si dovoliť ani zubára!"

Derek upokojoval Hillaryho.

„Veď to nie je také zlé," povedal chudák Kevin.

„Nie je zlé?!" Hillarymu praskali žily na čele.

Zničený Kevin zobral zelerovú soľ zo stola a posypal ňou vínové škvrny.

Hillary mu ju vytrhol z ruky a ďalej na neho vrieskal: „Debil, čo robíš?"

„Soľ sa dáva na červené víno, aby nezostali škvrny," splašene bránil svoje rozhodnutie Kevin.

„Soľ pôsobí korozívne! Mohol si nám na ten koberec rovno naliať kyselinu," Hillary tvrdo schmatol Kevina a tlačil ho k dverám.

„Vypadni!" Vyhodil ho a zatreskol za ním dvere. Ja som len stál s otvorenými ústami, v šoku.

Na dvere niekto jemne zaklopkal.

„Kto je to?" opýtal sa nasrane Hillary. (No kto by to asi mohol byť?)

„Zabudol som si bundu," ohlásil sa Kevin ospravedlňujúcim tónom hlasu.

Hillary sa naparený rozbehol ku gauču, kde Derek čistil škvrny, schmatol bundu, otvoril dvere, šmaril ju Kevinovi do tváre a tresol dvermi.

Opäť niekto jemne zaklopal na dvere.

„Myslím, že toto je tvoja bunda," ozval sa Kevin bojazlivým hlasom.

Hillary našiel Kevinovu bundu a utekal k dverám. „Toto je tvoja bunda? Táto lacná? KOKOT!" povedal veľmi agresívne a zlomyseľne.

Kevin si ju zobral a naposledy mal šmarené dvere do nosa.

Hillary sa vrátil ku kobercu a so slzami v očiach naň pozrel.

„Myslím, že by sme ho mali nechať vysušiť a potom

zavolať špecialistu na čistenie," povedal Derek jemne a upokojujúco.

Hillary zbledol. Derek ho chytil za ruku a odviedol do ich spálne.

V ten večer sa mi Hillary hrozne znechutil. Jeho správanie ku Kevinovi bolo neospravedlniteľné. Skutočne si myslel, že je lepší človek, keď si môže dovoliť choro drahý koberec.

Moja mamina má o dosť krajší v obývačke a nestál ani zlomok toho ich.

Pritúlil som sa k Amber a Ginger. Derek sa vrátil zo spálne.

„Myslím, že párty sa skončila," Derek konštatoval očividný fakt. „Musel som ho uspať práškami, bol rozrušený."

Snažil som sa na celej situácii nesmiať. Bol to predsa len malý koberec.

„Idem za ním do postele, nech nie je sám. Dobrú noc," rozlúčil sa Derek.

Zostal som sám. Bol Silvester, 21.30.

Vyšiel som von na svoj balkón a pozeral sa na blikajúce Vegas. Vyžarovala z neho zábava a potešenie. Zobral som si kožák a vyšiel na Strip.

Atmosféra bola hlučná, mnohofarebná a opilecká. Taká, aká sa na uvítanie Nového roka patrí. Strip bol preplnený trúbiacimi autami a ľuďmi. Všetci vyzerali, že sa skvele zabávajú, objímali sa, želali si šťastný nový rok... Necítil som sa byť súčasťou párty. Oni boli šťastne ožratí, ja som len prechádzal karnevalom. Prešiel som sa Stripom a navštívil pár kasín. Boli plné neskutočne tlstých gamblujúcich

Američaniek v stredných rokoch. Na automatoch sa dalo hrať aj bez hotovosti, mohli strčiť kreditky do mašín a frčali! Vracal som sa späť asi po hodine, príliš smutný a osamelý sa zabávať. Nový rok sa pomaly začínal a začínal sa bez Robiho.

Keď som sa vracal, prišla mi esemeska od Veronicy:

„STASTNY NOVY ROK, JAN - S LASKOU

VERONICA OXOXO."

Vyzeralo to tak, že ona bola mojou jedinou nádejou...

PRASKLINY

Odišli sme z Vegas okolo jedenástej. Vstal som skôr a pomohol Derekovi upratať apartmán. Koberec bol zbalený a uložený v kufri ich BMW. Hillary bol stále v posteli.

Vyberal som smeti z kuchyne, keď som si na starých novinách a vajcových škrupinách všimol odhodenú, veľmi zaujímavo vyzerajúcu fľaštičku od liekov. Volali sa Midazolam. Názov mi bol dosť povedomý, rozmýšľal som, kde som ich videl alebo o nich počul. Jasnačka, došlo mi, boli jedným zo sedatív, ktoré užil Michael Jackson v tú noc, keď zomrel.

Midazolam neboli len také obyčko tabletky na spanie, v nemocnici ich používajú na uspávanie pacientov pred operáciou. Ako sa k nim Hillary a Derek vôbec dostali? Prečo ich Hillary užíval?

Prvý január by mal byť vždy vzrušujúci, plný nových možností a túžob. Minulý Nový rok sme sa s Robim prechádzali v Londýne popri Temži a plánovali svoju budúcnosť. Hillary a Derek ma tento Silvester vyšťavili zo všetkých pozitívnych šťastných pocitov a nádejí, ktoré som pred týždňom ešte mal.

Cesta späť do Los Angeles prebehla v tichosti. Derek šoféroval a Hillary spal zabalený v deke na prednom sedadle.

Chcel som na nich kričať najhlasnejšie, ako som vedel, akí by mali byť šťastní a vďační za všetko, čo majú a akí sú sprostí, že pre malú škvrnu na koberci sa správali, ako by im zomrel niekto v rodine ukrutnou smrťou.

Keď sme odbočili z diaľnice do Hollywoodu, Hillary otvoril oči a otočil sa ku mne: „Chceš, aby sme ťa vyložili doma?"

„Nemám sa ako dostať dnu, majiteľ môjho bytu mi nezdvíha telefón."

Čo už neplatila ponuka, že môžem u nich zostať, pokiaľ budem potrebovať?

„Črtá sa ti nejaké bývanie?" ceril na mňa protézu.

Povedal som mu, že sa snažím, ale cez sviatky je to dosť ťažké.

Zaparkovali sme pred ich domom a Hillarymu sa zázračne vrátila všetka energia a ako zajac vyskočil z auta. Derek sa odpásal a otočil ku mne.

„Viem, že si momentálne v zlej situácii a naozaj si u nás vítaný, pokým nenájdeš nové bývanie."

„Ďakujem," mal som však pocit, že ešte neskončil a nasledovalo veľké ALE.

„Ale, nájdi si niečo čím skôr, ak môžeš, keď len dočasné ubytovanie. Hillary potrebuje súkromie."

„Neboj, premením sa u vás na neviditeľného,“ zavtipkoval som.

„Ani jeho vlastná mama sa u nás veľmi nezohriala a už k nám prestala chodiť. Raz dokonca vyskočila z idúceho auta na Hollywood Boulevard, nemohla ho už ani cítiť.“

Celkom sa jej dokážem vžiť do kože.

„Raz, keď u nás prespávala, keďže je zďaleka, som prišiel z fitka domov a ona si už hľadala hotel v žltých stránkach. Povedala mi, že jej je špatne z toho, akému človeku dala život. Jeho vlastná mama.“

Chcel som sa Dereka spýtať, prečo je stále s Hillarym. Ako s ním môže vydržať? Možno tie sedatíva mu pomáhajú v krušných chvíľach!

Povedal som mu, že idem nakuknúť do svojho apartmánu, či tam náhodou nestretnem majiteľa, ktorý mi nezdvíhal telefón.

Cesta pred mojím domom bola prázdna, ani živej duše. Pozrel som cez bránu, nevidel ani nohy, ale celý dom bol stále zahalený do bielej plachty.

Vyskúšal som ešte raz zavolať majiteľovi, opäť nič, len odkazovač mi oznamoval bludy. Poobzeral som sa, povedal si – kurva, do riti s týmto – a preskočil bránu. Prebehol som dvorom a pod plachtou našiel dvere. Neboli zamknuté, chodbu presvecovalo oslepujúce slnko. Hore schodmi som šmátral po vreckách a hľadal kľúče.

Hlavné dvere na prízemí sa rozleteli a mužské hlasy doliehali až ku mne. Nazrel som dole cez zábradlie a videl známeho ochrankára z Vianoc, vchádzajúceho s dvomi chlapíkmi navlečenými do ochranných odevov.

Pomaly som strčil kľúč do zámky, potichu ním otočil a málinko pootvoril dvere, aby som sa neprezradil. Prestrčil som sa a ticho zavrel.

V mojom bytíku bolo všetko tak ako pred tým, keď ma nedobrovoľne evakuovali. Krásne, útulné a hlavne moje! Túžil som zostať, ale nemohol som.

Musel som rýchlo baliť. Mal som veľký kufor a tašku. Od môjho príchodu do L. A. som si toho veľa nenakúpil, takže problém s balením nebol. Hneď som skontroloval, či v mojej odloženej kreditkovej peňaženke boli všetky karty, a vložil pas do vrecka. Vydýchol som si.

Započul som hlasy za mojimi dvermi. Kľúč zašramotil v zámke a kľučka sa začala otáčať. Hlavičkou som skočil do priestoru medzi fotelom a stenou a zadržal dych.

Traja chlapi vošli dnu. Prechádzali celým bytom a kontrolovali okná, zrazu sa tri páry topánok zastavili vedľa mojej hlavy. Snažil som sa vôbec nedýchať.

Rozmýšľal som o tom, aká bola celá situácia absurdná. Cudzí ľudia vošli do môjho apartmánu, ale ja som bol tým, kto sa doň „vlámal"!

Postávali a rozprávali sa o ragby a ako chcú azbestovú ságu naťahovať tak dlho, ako len môžu, aspoň mesiac! Videl som, že to bol pre nich veľmi lukratívny biznis a neponáhľali sa s ukončením prác.

Po pár minútach odišli a ja som sa mohol poriadne nadýchnuť.

Počul som, ako prechádzali do bytu oproti, rýchlo som sa poponáhľal s balením. Pritlačil som ucho k dverám a snažil sa ich lokalizovať. Nič som nepočul. Potichu som vybehol a šmykol sa po zábradlí dolu. Utekal som cez nádvorie a pri bráne som nadstavil ruku na senzor, aby sa otvorila. Prebehol som von a zmiernil tempo.

Mal som čisté oblečenie, notebook a kreditky! Jupííí!

Hneď som si to namieril do Starbucksu v Hollywood Highland, objednal tú najväčšiu, najdrahšiu kávu a usadil sa do veľkého kresla s výhľadom na krásne hollywodske kopce. Otvoril som notebook a cítil sa, akoby som bol späť v civilizácii. Prišlo mi kopu emailov od maminy, sestry, Saše, sesternice a Robiho. Vypytovali sa, či som v poriadku a želali mi šťastný nový rok. Žilami mi behal adrenalín z pocitu, akých skvelých ľudí som mal vo svojom živote.

Zapol som skype, ale nikto nebol online. Došlo mi, že v Európe je už 2.30.

Začal som písať email mamine a Saške, ale radšej som ich vymazal. Nič iné mi nenapadlo napísať, iba aký som sa cítil osamelý. Nikomu tu na mne nezáležalo a nemal som sa o koho oprieť.

Cítil som sa blbo, ako som bol nasáčkovaný u Dereka a Hillaryho, premýšľal som, že pôjdem do lacného hotela. No napadlo mi, ako ma Hillary využíval hneď od začiatku kvôli svojej kozmetike, tak som si povedal, srať na nich. Budem drzý a využijem ich tiež. Budem u nich bývať tak dlho, ako to len dokážem.

Po ceste späť som sa z hlboka nadýchol a na rohu ulíc Franklin a Highland sa posadil na kufor. Strmý kopec dal zabrať, hlavne pri veľkej L. A. vlhkosti.

Pribrzdilo pri mne strieborné Porsche. Okno sa sťahovalo, zjavila sa v ňom Veronica.

„Hej, Jan. Šťastný nový rok ti želám!"

Nahodená bola v mikine staroružovej farby, vlasy mala nakučeravené a očividne sa cez sviatky prežierala. Vyzerala ako preplnená hurka na klokočinských hodoch, ktorá čochvíľa praskne a všetka ryža z nej vyprskne na okoloidúcich.

„Už ťa nebolí noha?" spýtal som sa.

„Dali mi na týždeň paličku, potom by som mala byť o. k... Kam smeruješ?"

„Nedobrovoľne sa vraciam k Derekovi a Hillarymu."

„Hneď by som ti pomohla, keby som mohla. Ponáhľam sa k svojmu kamarátovi Michaelovi Starovi," prízvukovala priezvisko najznámejšieho televízneho scenáristu. „Pomáha mi písať materiál na moje stand-up vystúpenie. Chcem ťa na to zamestnať."

Autá začali na ňu vytrubovať.

„Utekám. Zavolám ti a dohodneme sa," poslala mi vzdušnú pusu a vytratila sa medzi autami. Stylovať stand-up vystúpenie ma veľmi nevzrušovalo, ale aj to je kšeft.

Vrátil som sa k domu a zazvonil pri bráne. Derek ma vpustil dnu. Hillary stále pospával. Čo ho napumpoval sedatívami? Určite! Nebojácne glgal červené víno z veľkého krígľa. Snažil sa do seba dostať toľko, koľko mohol, pokiaľ Hillary spal.

Bolo to Derekovo tajomstvo, iba vďaka alkoholu prežíval s tou arogantnou pijavicou. Sľúbil som mu, že ho nebonznem.

„Vyčistenie koberca vyjde na tritisíc dolárov," pošepkal mi.

„Ako to zobral Hillary?"

„Skoro sa zbláznil, bol ako vyšinutý. Vyšinutého si ho ešte nevidel.“

To ma vystrašilo, myslel som, že vyšinutejší, ako bol vo Vegas, už nikto nedokáže byť.

Derek mi nalial pohár vína. Mobil mi začal bzučať, baterka sa vybíjala, tak som šiel do svojej izby dať ho na nabíjačku.

Dvere na Hillaryho spálni boli zatvorené. Vošiel som do izby a mobil mi začal opäť vyzváňať. Rýchlo som ho strčil na nabíjačku a zdvihol.

„Ahoj, Veronica.“

Ospravedlňovala sa, že sa ponáhľala, keď ma stretla a pýtala sa, či nemám chuť ísť na večeru s ňou a jej priateľmi.

„Veľmi rád pôjdem na večeru.“

„O. K., vyzdvihnem ťa o ôsmej,“ zložila mobil.

Kufor som mal stále na chodbe. Vykukol som z dverí, natiahol sa poň a skoro som dostal infarkt. Hillary tam stál zabalený v deke, mal otlačené ucho od steny. Počúval moju celú krátku konverzáciu s Veronicou. Bol ako špión v zlej bondovke.

Poskočil som, naplašil ma svojou nečakanou prítomnosťou. Začal akože študovať niečo na stene.

„Ahoj,“ pozdravil som ho.

Vyzeral byť zahanbený, ale pokračoval v študovaní steny.

„Hľadám prskliny, máme ich na stenách dosť. Sú malinké, z mierneho zemetrasenia, takmer ich nevidieť. Vidíš?“

Pozrel som, kde mieril prstom, ale nič tam nebolo, okrem perfektne vymaľovanej bielej steny.

Usmial som sa a súhlasne zakýval hlavou. Videl, že som mu neveril ani slovo, zavolal Dereka a začal mu ukazovať neexistujúce praskliny, aby ma presvedčil.

Povedal som im, že idem do vane a zavrel som dvere.

Neskutočný kretén, neviem, čo môžem od neho ešte čakať...

VERONICINI PRIATELIA

V mojej kúpeľni u Dereka a Hillaryho bola nezvyčajná sprcha. Nielenže klasická sprchová hlavica, ale aj vertikálne trčali ďalšie menšie hlavice, ktorá striekali dosť drsno na chrbát, ale aj predok. Auuu...! Stlačením gombíka ste si mohli napustiť sprchový kút parou a z diery odspodu vystrekoval silný prúd ľadovej vody, riadne ma vyplašil. Cítil som sa ako krava v super modernej umývačke niekde v Japonsku.

Vyšiel som čistejší, ako som očakával a nahodil som sa na večeru. Došnurovával som svoje Dolce tenisky, keď mi niekto zaklopal na dvere.

Hillary stál pred izbou, veľmi milý a priateľský. Niečo nebolo v poriadku.

„Hej, Ján, čo porábaš?“

„Práve som prežil vo vašej sprche.“

„Tak sa nedokážeš vypucovať v Európe, pravda?“ ceril sa. Po prvýkrát som videl jeho veľký umelý chrup za denného svetla.

„Tie ritné trysky boli trochu ľadové."

„To nie sú ritné trysky," povedal znechutený Hillary.

„Čo je to teda? Naisto mi to striekalo tam, kam sa sprchy v Európe ani nepozrú!"

Hillary vyzeral ešte znechutenejší pri pomyslení, že som takto použil jeho sprchu.

„Keď pôjdeš s Veronicou na večeru, môžeš jej dať toto?" zmenil konverzáciu.

Natisol mi tenkú vrstvu papierov do ruky.

„Je to scenár na natáčanie youtube raklamy Without Years, ktorú chcem s ňou točiť."

„Ako vieš, že s ňou idem na večeru?"

„Hm, spomínal si mi," klamal.

„Spomínal som ti? Kedy?" nechcel som to nechať len tak.

„Áno, spomínal si..." pozeral všade možne, len nie mne do očí.

„Musel si to počuť, keď si prezeral praskliny pri mojich dverách."

„Nie. Hovoril si mi, že ideš," začal vyhľadávať neexistujúce praskliny na stene.

„Pozri na ne!" ukazoval. Sledoval som jeho kostnatý ukazovák, ako krúži po stene. Nič na nej nebolo.

„Tvoj zrak musí byť dosť zlý," drzo mi povedal.

„Keď dáš Veronice scenár, povedz jej, že mám už súhlas od herečky Barbary Bel Geddes z Dallasu, bude s ňou v reklame."

Hillary na mňa žmurkol, čo ma takmer vystrašilo, otočil sa na päte a víťazoslávne odpochodoval preč.

Veronica ma vyzdvihla prvýkrát bez meškania

a namierili sme si do reštaurácie Shrapnel na Highland Avenue.

Pri ceste pred reštauráciou sme odovzadli kľúče a auto parkovaciemu komorníkovi. Pomohol som Veronice vyjsť z auta. Išla opretá o moje plece, s paličkou a smerovali sme k vchodu. Nad Shrapnelom sa rozprestieral krásny baldachýn. Z kríka vyskočil chlapík v džínsoch a vo flanelovej košeli, začal bombardovať Veronicu klikaním foťáka. Blesky boli oslepujúce. Veronica rýchlo odhodila paličku a začala so mnou pózovať, akože som jej mladý zajko. Zostal som prekvapený a trochu vyvedený z miery. Paparazzo prestal s klikaním, naskočil do auta a odfrčal do tmy.

„Prepáč," ospravedlňovala sa Veronica, „to je hazard, ktorý patrí k mojej práci."

„Ako vedel, že prídeš práve do tejto reštiky?" spýtal som sa.

„Títo týpkovia na mňa poľujú všade," predstierala, že ju to obťažovalo.

Svetlá v reštaurácii boli romanticky stlmené, parkety tmavé, stoličky béžové a najväčším zdrojom svetla boli horiace sviečky. Myslím, že tá tma bola hlavne kvôli celebritám, aby nebolo vidieť, že nevyzerajú tak dobre, ako na obálkach časopisov alebo vo filmoch.

Veronicini priatelia sedeli za malým stolom v rohu. Donalda Golda, kastingového riaditeľa, a vizážistku Kathy som spoznal na Štedrý deň v nemocnici, kde prišli za Veronicou. Vyblednutá, staršie a opustene vyzerajúca žena sa mi predstavila ako Helen.

Kathy schmatla Veronicu, aby sedela pri nej, mne zostala stolička medzi Donaldom a Helen.

„Videla si toho paparazza vonku?" opýtala sa Kathy s vypleštenými očami cez popolníkové okuliare.

„Aah, vonku bol nejaký fotograf?" tvárila sa prekvapene Veronica.

„Áno, ten, čo si mi kázala anonymne zavolať," Kathy nedochádzalo, že Veronica sa len pretvarovala.

„Hurá, to je ten taliansky chlieb, čo tak miluješ!" Veronica hovorila Kathy a napchala jej pečivo nasilu do úst.

Prišiel k nám veľmi pekný čašník, myslím, že bol herec. Flirtoval s každým pri stole, keď sme si objednávali jedlo. Najviac však s Donaldom, ale aj Veronice polichotil dosť na to, aby sa z nej vykľula preafektovaná hviezda American Muffin.

Donald vyzeral ako slušný chlapík, vravel mi, že práve dostal vysnívanú prácu, vymenovali ho za šéfa kastingu v Universal Studios.

Spýtal som sa ho, ako sa zoznámil s Veronicou.

„Chodili sme spolu na herectvo. Keď sme prišli do L. A., bývali sme spolu v riadne sračkovom apartmáne vo Venice Beach, pamätáš, Veronny? Bývali sme s potkanmi!"

„Don sa múdro preorientoval z herectva na kasting." (Čo kódovanou hollywoodskou rečou znamenalo, že nebol veľmi dobrý herec). Veronica rýchlo zmenila tému: „Ja som bola jediná sprostá, ktorá pokračovala v herectve."

„Ale veď si to aj dotiahla ďaleko, je z teba známa filmová hviezda!" snažil som sa byť na jej strane.

Ostatní pri stole vyzerali, že so mnou nesúhlasia a radšej študovali svoje taniere.

Ticho mi prechádzalo až do kostí. Moji priatelia by o mne mali lepšiu mienku, aj keby som zametal len ulice.

Veronica mi potichu ďakovala z druhej strany stola.

Ticho.

„Aké filmy si obsadzoval?" opýtal som sa Donalda.

„Ušetríš si čas, ak sa radšej spýtaš, aké neobsadzoval!" vtierala sa Veronica.

„Zo začiatku veľa nezávislých filmov a všetky pokračovania American Muffin," povedal Donald a pokračoval, „to ja som z Veronicy urobil filmovú hviezdu."

Veronica opäť rýchlo menila tému, vypytovala sa, či už niekto videl nový film s Jennifer Aniston. Celé sa to zvrhlo na reči o Jennifer Aniston, ako nevie hrať a ako zle vyzerá!

Naučil som sa, že v Hollywoode sa nikto s nikým nemazná, hlavne keď dotyčný nie je prítomný.

Pri večeri som sa dozvedel, aká skvelá vizážistka je Kathy, pracuje hlavne pre veľké televízne seriály, že Helen fotí filmovačky a filmové plagáty. Bolo nanajvýš zaujímavé zisťovať, akých priateľov si Veronica vyberá. Keď pridám Michaela – najväčšieho TV scenáristu, a mňa – stylistu, už sme potrebovali len režiséra a mohli sme pokojne natočiť film pre Veronicu vlastnými silami.

Keď prišiel herec Ryan Phillipe, zvuky jačiacich báb spred reštaurácie sa hlasito všupli dnu. Vyzeral skvele, nacvičene ležérne v čiernych džínsach. Svetlá z neónok reštauračného nápisu sa mu odrážali na koženej bunde.

Majiteľ Shrapnela, starší pán v okatej parochni, ho privítal a odprevadil k baru.

Veronica hneď zkyslela, už nebola najväčšou hviezdou v reštaurácii.

Ryanovi bolo vidieť vypracované telo v napasovanom tričku a bol krpatý. Keď hovorím krpatý, tak myslím trpaslík! Pri bare vystával s pozorným majiteľom a odmietol akékoľvek jedlo a pitie, celý čas strávil na mobile posielaním nekonečných esemesiek, potom sa zobral a odišiel.

„Prečo nejedol?" potichu som sa opýtal Veronicy.

„Bol to len platený reklamný ťah. Predstieral, že sa sem prišiel najesť, bude to zajtra v médiách, aj on, aj majiteľ z toho budú mať osoh," zašepkala mi.

„Je normálne v reštaurácii nejesť?"

„Iba ak si skutočne megahviezda," povedala Veronica s ústami napchatými rybou.

Jedlo bolo neopísateľne chutné. Morský ostriež bol taký úžasný, že ešte na druhý deň som pri pomyslení naň slintal.

Všetko, o čom sa Veronicini priatelia bavili počas večere, bolo pracovne zamerané.

„Hľadám herečku do úlohy ženskej s deckom v stredných rokoch," povedal Donald, kým si natieral chlieb maslom. „Prešiel som už húfom, ale neviem nájsť tú pravú. Nemám už v Hollywoode z čoho vyberať."

Veronica ma kopla pod stolom. Pozrel som na ňu, hlavou mi ukazovala na Donalda.

„Musí tu byť aspoň jedna herečka v Hollywoode, ktorá sa do roly hodí," Donald dodával.

Veronica ma opäť kopla, dodnes mám malú jazvu na nohe, a bezzvukovo mi vyhláskovala meno Donalda.

„A Veronice by tá rola nepasovala?" snažil som sa, nech nevozniem naaranžovane. Donald na ňu zazrel ponad okuliare.

„Iste," nútene odpovedal, „príď na čítanie scenára. Zavolám tvojmu asisten...tovi," zmenil tón hlasu.

Došlo mi, že Hillary neklamal a Veronicin exfrajer sa naozaj oženil s jej asistentkou.

„Zavolám ti," Donald sa poopravil. Veronica nebola nadšená, že úlohu jej neponúkol priamo bez kastingu.

Helen sa opýtala, ako sa darí Albertovi. Donaldovi zaiskrili oči. Alberto bol brazílsky umelec, s ktorým Donald asi rok randil.

„Vyspal som sa so stovkami mužov, ale iba Alberto ma napĺňa vo všetkom. Je mojou životnou láskou, mojím duševným spojencom."

Potom sa konverzácia otočila ku mne a všetci chceli počuť, ako som sa spoznal s Veronicou, o Derekovi a Hillarym a o výlete do Vegas.

„Skoro som zabudol, poslali Veronice scenár," vytiahol som scenár Without Years reklamy.

„Čo mi poslali?" prekvapene sa pýtala Veronica.

„Hillary ti odkazuje, že Barbara Bel Geddes z Dallasu mu potvrdila účasť a bude s tebou v reklame."

Všetci pri stole prestali jesť.

„To vtipkuješ?" opýtala sa Helen. „Barbara Bel Geddes? Miss Ellie z Dallasu?"

„Áno."

„Zomrela v roku 2005," povedala Helen.

Myslel som na Hillaryho vážny výraz, keď sa pýšil, že bude mať Miss Ellie v reklame na svoju kozmetiku. Trochu mi tuhla krv v žilách, ako ďaleko zachádzal a ako ľudí podceňoval.

„Naozaj povedal, že Barbara Bel Geddes bude točiť reklamu?" opýtal sa Donald a začal sa smiať.

Všetci si prelistovali scenár a rozčarovane sa smiali.

„Je tento chlapík normálny?" povedala Kathy. „On si naozaj myslí, že by si mu to natočila? A zadarmo?"

„A prečo ma chce dať do reklamy na kozmetiku s Barbarou? Nemala by teraz okolo deväťdesiat rokov?" znechutene poznamenala Veronica.

Aby ste mali predstavu, čo Hillary chcel od Veronicy v reklame, pripájam jeho scenár:

WITHOUT YEARS COMMERCIAL SCRIPT – WRITTEN BY HILLARY COCOT CONFIDENTIAL!!!

Ext. Bazén v Hollywood Hills – Deň

VERONICA MADISON, filmová hviezda, leží pri bazéne v bikinách, v ruke má margaritu a rozmýšľa o svojej pleti. Všimne si kameru a začne sa usmievať.

VERONICA MADISON: Ahojte, volám sa Veronica, Veronica Madison. Pravdepodobne ma poznáte ako Minnie Muffin z pokračovaní American Muffin. Taktiež robím rôzne akcie pre zvieratá.

Počujeme, ako voda v bazéne čľupne, trochu vody VERONICU ošpliecha.

STRIH NA HILLARY COCOT (36) pláva v bazéne
ako svalnatý delfín. Vypláva pri Veronice, aby sa
nadýchal. Vidno, že Hillary bol kedysi model.

VERONICA MADISON: Ha, ha, ha. Hej, to je môj
priateľ Hillary Cocot, kedysi pracoval ako model, ale
prešiel na výrobu luxusnej kozmetiky.

HILLARY COCOT: Ahoj, Veronica, chcem ti len
povedať, tvoja pleť nádherne žiari. Aký krém
používaš?

VERONICA MADISON: Prečo?! Without Years,
samozrejme, drahý.

VERONICA MADISON si dáva dole svoje sombrero
a hravo ním udrie HILLARYHO po vypracovanej
hrudi.

HILLARY COCOT: Ha, ha, ha. Si taká vtipná ako
vo svojich filmoch a v televízii. (Pozerá na postavu
mimo obrazu) Aha, pozri, Miss Ellie z Dallasu
a nesie nám obed.

VERONICA MADISON: Ale! A čo máme
navarené?

HILLARY COCOT: Hovädzí steak z kráv z ranča
Southfork!

BARBARA BEL GEDDES alias MISS ELLIE
z DALLASU vychádza z domu s tanierom krvavého
steaku. Bohužiaľ sa pošmykne a spadne do bazéna.

DETAILNÝ ZÁBER NA VERONICINU TVÁR,
KTORÁ JE V ŠOKU

BLÍZKY ZÁBER NA TOPIACU SA MISS ELLIE

VERONICA MADISON: Rob niečo, Hillary!
V spomalenom zábere Hillary hlavičkuje do bazéna
smerom k MISS ELLIE, ktorá sa topí. Vytiahne ju
von z bazéna a položí ju na luxusné ležadlo.

VERONICA MADISON: Preboha! Neviem, ako dať
prvú pomoc z úst do úst.

HILLARY COCOT: Ja viem!

HILLARY dýchne MISS ELLIE do úst. Ona zakašle.

VERONICA MADISON: Ona žije!
MISS ELLIE otvorí oči.

MISS ELLIE: Bobby Ewing?

HILLARY COCOT: Nie. To som ja Hillary, Hillary
Cocot.

MISS ELLIE: (chytá si tvár) Tvoj Time Machine Facial Soufflé je vodovzdorný!

HILLARY COCOT: Presne tak, MISS ELLIE, je pravdou, že všetky Without Years krémy sa nezmývajú ani vo vode. Vydržia tak na starej pokožke, ako aj na mladej.

VERONICA MADISON: Prečo si mi to nepovedal skôr!

VERONICA skáče do bazéna a všetci traja sa smejú.

ZÁBER NA DARČEKOVÉ BALENIE WITHOUT YEARS PRI MISE PLNEJ OVOCIA.

END OF COMMERCIAL.

„Tento človek je naozaj nenormálny, úplný debil!" povedal Donald. „Musíš z ich domu vypadnúť. Obvolám pár známych, či nehľadajú podnájomníka a zavolám ti. Takto to nenecháme."

„Prečo by si ty a Miss Ellie mali plávať v jeho bazéne?" povedala rozhodená Helen, kým listovala scenár. „Žije, prepáčte, žila v Dallase hádam, nie?"

„Uháňal ma mesiace, aby som mu propagovala jeho kozmetickú firmu," povedala Veronica, „taktiež chce, aby som mu o nej facebookovala a twitterovala."

„Veronny, nechce sa mi veriť, že ešte nie si na twitteri

alebo facebooku,“ povedal Donald, „mohla by si tak promovať svoje stand-up vystúpenia po celej Amerike.“

„Nedávno som dala svojho psa na facebook, má svoj vlastný profil,“ skočila do konverzácie Kathy.

Všetci pri stole spozorneli a prestali rozprávať.

„Vždy mi povie, keď chce niečo nové pridať na nástenku, príspevky máva dosť často,“ hádzala do seba zyšky mrkvy.

„Dokážem komunikovať so svojím psom a počujem jeho myšlienky,“ vysvetľovala mi Kathy.

„Prečo si tvoj pes nedáva príspevky na facebook sám?“ robil si z nej prču Donald.

„Neukázala si mu ešte, ako môže používať klávesnicu?“ pridala sa Helen v úplnej vážnosti.

Nastalo hlboké zmätené ticho.

Donald si vypýtal účet za celý stôl. Dával som mu peniaze, ale nezobral ich a dodal:

„Dnes večer ste všetci filmovými hviezdami a sme tu pracovne. Aspoň tak znie oficiálna verzia. Ty si Keanu Reeves,“ povedal mne. „Helen, ty si Tilda Swinton, Kathy je Kim Cattrall a Veronny je Kirstie Alley. Presne takto vás vymenujem šéfom v Universal Studios, keď im príde výpis z firemnej kreditky. Pokiaľ mám pracovné večere, tak to platia oni.“

„Hej, prečo ja nemôžem byť pod svojím menom?“ spýtala sa urazená Veronica.

„Nikdy by mi nedovolili minúť toľko peňazí na to množstvo, čo si dnes prejedla pod svojím menom,“ pozrel na ňu Donald, vstal a odišiel.

„Hej!“ nepáčila sa Veronice Donaldova odpoveď.

Všetci mi sľúbili, že sa popýtajú známych na voľné apartmány. Hlavne Helen mi tvrdila, že má kamarátku s letným domčekom v záhrade svojho domu a vždy niekoho hľadá.

Neskôr som zistil, že to boli všetko len hollywoodske žvásty, všetci sa vždy robia pekní a milí... Chcete prežiť v Hollywoode? Musíte si na to zvyknúť, mne to šlo veľmi ťažko. Bol som zvyknutý na pohodlný a čestný život s Robim.

Veronica ma odviezla domov, zastavila pred bránou a asi hodinu nadávala na Donalda. Neznášala skutočnsť, že jej najdlhšie slúžiaci priateľ si našiel Alberta a už na ňu nemal toľko času.

„Chémia sa zmení, keď sa jeden z priateľov zaľúbi," vysvetľoval som jej.

Veronica hodila znechutený ksicht.

„Neverím na lásku, hlavne keď ide o brazílskeho kurevníka."

„Nemáš Alberta rada?"

„Poviem ti to takto. Donald vybavil Albertovi zelenú kartu potrebnú na prácu v Amerike a Alberto sa tomu vôbec nebránil a vlastne si to povolenie vykurvil. Znie to ako láska?"

Začala imitovať Alberta ako starú brazílsku ženu: „Oh, Donaldko, pomasíruj mi nožičky. Donaldko, kúp mi auto. Donaldko, vráť toto šteňa do obchodu, chcel som ho v inej farbe, nehodí sa k nábytku!"

„Som si istý, že ťa Donald stále berie ako najlepšiu kamošku." Čo iné som mohol povedať?

„Nie som si tým istá. Odvtedy, ako pracuje na vysokej

pozícii v Universal Studios, ma ani raz neobsadil do filmu. Mávala som od neho veľa roboty.“

„Čo sa deje s novým American Muffin?“

„Môj agent na tom pracuje. Nejaké problémy s peniazmi...“

Začala uhýbať pohľadom, myslím, že sa o tom nechcela baviť.

„Musím sa vrátiť do domu bláznov,“ lúčil som sa.

„Mám to stand-up vystúpenie, čo som ti hovorila, pomohol by si mi? Je tento víkend v Orange County. Zaplatím ti hotel a pár stoviek k tomu.“

Povedal som áno. Celkom slušné peniaze a aspoň vypadnem z blázinca. A hádam mi to dopomôže k práci na jej novom filme!

Bozkala ma na líce a ja som vyšiel vyľudnenou cestou k domu.

Keď som prišiel k predným dverám, všimol som si, že mám v ruke scenár na Hillaryho primitívnu reklamu. Zabudol som ho dať Veronice! Do frasa.

Poobzeral som sa, kde by sa dal zahodiť, ale nikde neboli smetiaky.

Rýchlo som ho strčil zozadu do gatí a vstúpil do domu hrôzy, slipy mi vŕzgali.

ZEMETRASENIE

O niekoľko hodín neskôr, pred šiestou ráno, ma zobudili hlasy z chodby pred mojou izbou. Bol to Derek a Hillary, ktorí sa rozprávali s mexickým chlapíkom.

„Vidíš, tu, tu a tu je prasklina a ešte tu," povedal Hillary. Jeho hlas sa približoval k mojim dverám.

Pretiahol som si paplón cez hlavu. Nemal som na sebe ani pyžamo a Hillaryho scenár som mal požužlaný pod matracom.

Mexický hlas sa ozýval lámanou angličtinou pred dvermi.

„Áno, pani, môcť toto urobiť, veľmi dobro urobiť, dobro, dobro robiť."

„Vidíš praskliny?" zmätene sa spýtal Derek.

„Áno, prskliny, malí prskliny, môsť zväčšiť sa, veľmi veľké prskliny môcť byť. Nebyť dobré pro cenu nehniteľnosť pro paní... pánov."

„Hovoril som ti," osočil sa Hillary na Dereka.

„Ak chceť pani, ja môcť nájsť viac prskliny? Môcť pozreť iná izba, či mať prskliny?“

Hlasy prešli pri mojej izbe až do vedľajšej spálne a vrátili sa späť do chodby smerom ku mne.

„Táto izba, pani? Tu nebyť prsklina?“ pýtal sa mexický hlas, ukazujúc na moju izbu.

Prestal som dýchať. Dokelu, čo sem teraz vtrhnú?

„Nie, nie, tam je... jedna osoba,“ povedal Hillary a ťahal Mexičana k ďalším prasklinám.

Bolo zvláštne, že Hillary o mne hovoril ako o osobe, nie priateľovi alebo aspoň návštevníkovi, ale ako o osobe. Fakt som mal z toho čudné pocity. Hillary je dosť presný, kto sú ľudia v jeho živote, ja som bol osobou, dokonca ma bral skôr ako votrelca.

Prevalil som sa na druhú stranu a zaspal, plný myšlienok.

O ôsmej ma zobudili strašné, hlavu bijúce zvuky. Vyskočil som z postele. Podlaha hrozne vibrovala a krištáľový luster sa nado mnou kýval zo strany na stranu ako divý.

Hneď som myslel na to, že to je veľké zemetrasenie, ktoré tak dlho v Los Angeles očakávali. Toto je konečná stanica môjho života. Skapem v dome hrôzy s ľuďmi, ktorých nemám ani rád. Najhorší scenár sa napĺňa. Hrozný zvuk mi prechádzal zubami až do čeľuste.

Hrmot prestal. Čakal som, čo príde teraz...

Rýchlo som na seba hodil slipy a otvoril dvere. Igelitové plachty boli navešané po stenách a zakrývali všetky okná a dvere. Skupinka troch Mexičanov, dvaja starší a jeden tínedžer, vŕtali steny pri mojich dverách ako draci. Biely prach sa vznášal vzduchom a padal na tmavé parkety ako sneh. Zakašlal som. Mexičania ma ignorovali a pokračovali ďalej vo vŕtaní.

Tresol som za sebou dvermi a zostal v šoku.

Bol Hillary až taký drbnutý, aby zakryl počúvanie môjho telefonátu s Veronicou tým, že dá prerobiť celú stenu neviditeľných prasklín? Bolo mu príjemnejšie prísť o niekoľko tisícok dolárov, ako by mal byť oficiálne špehúňom a klamárom? Odpoveď bola jednoznačná... ÁNO!

TÝŽDEŇ Z PEKLA –
ČASŤ PRVÁ

Ďalší týždeň bol ako z pekla...

V prvý deň vŕtania som odišiel do ulíc a myslel si, že keď sa vrátim, všetky stavbárske práce budú ukončené. Strávil som deň kávičkovaním a túrou v Runyon Canyon.

Vrátil som sa neskoro poobede, dom bol ešte v horšom stave, vyzeral ako po bombovom útoku. Mexičania v dome už neboli. Po stenách kuchyne, hlavnej chodby a vysokom plafóne nad schodiskom sa objavili veľké diery.

Keď som išiel hore, Derek pracoval zatvorený v kancelárii. Cez pootvorené dvere ich spálne som videl Hillaryho pozerať telku v posteli. Zbadal ma, vstal a zabuchol dvere.

Necítil som sa dobre, myslím, že na mňa šla chrípka, minimálne som bol prechladnutý. Ľahol som si vyšťavený do postele a zaspal.

Na druhé ráno som sa zobudil s horúčkou a triaškou a za zvukov vŕtačiek.

Dvaja Mexičania vyrábali diery v stene pred Derekovou

a Hillaryho spálňou. Ďalší dvaja boli na lešení na schodisku, vybúravali okrasné rožné ornamenty medzi stropom a stenou, ktoré sa rozpadávali na prach po mramorovej podlahe. Nábytok a zárubne boli obalené v igelitových plachtách.

Nevidel som ani Dereka, ani Hillaryho, ani som moc nechcel. Utiekol som do Starbucksu na rohu Franklin Avenue.

Cítil som sa horšie ako včera, mal som ležať v posteli a potiť sa. Zaparkoval som v pohodlnom kresle, zapol notebook a zapil Ibalgin kávou.

Došiel mi e-mail od majiteľa môjho ‚zlatého' bytu. Informoval ma, že práce budú pokračovať minimálne do februára. Díky!

Rozmýšľal som, že asi radšej stratím depozit vyplatený za prenajatý byt, ako by som mal stráviť mesiac s Hillarym a Derekom.

Premýšľal som nad svojimi možnosťami. Mám 4 000 dolárov na americkom účte, malo by to stačiť na depozit a mesačný prenájom slušného apartmánu v Hollywoode.

Vrátil som sa k internetu a našiel stránku Craigslist Los Angeles, na ktorej ľudia ponúkajú svoje apartmány na prenájom a iné vecičky. Podľa inzerátov som usúdil, že nájsť slušný apartmán nebude také ľahké, ako bolo v novembri. Január v Los Angeles je okrem iného aj *pilot season*, keď sa produkujú nové seriály. Herci z celého sveta prichádzajú do L. A. na kastingy a trh apartmánov je cenovo zbláznený, ak sú ešte nejaké voľné.

Našiel som apartmán, ktorý sa mi pozdával a zabookoval som obhliadku na poobede. Predtým som skočil do Bank of

America, vybral štyritisíc dolárov a strčil ich v obálke do tašky. Bol som pripravený nasťahovať sa hocikde v prvej možnej sekunde.

Nuž, ale apartmán bol hrôza – smrť. Proste strašný. Ledva by sa tam zmestila posteľ. V jednom rohu bol stolík s varičom, ktorý mi predstavili ako kuchyňu, a v druhom bola tenká hadica, trčiaca zo steny, ktorú odprezentovali ako sprchu. Priamo pod hadicou bol záchod.

„Môžem ti k sprche vybaviť záves, aby si mal súkromie," ponúkol mi chlapík.

„Vyzerám ako debil? Ďakujem za váš čas a ochotu!" Bol riadne predražený na to, aký bol. Tisícpäťsto dolárov na mesiac za bývanie v apartmáne, kde si bez pohnutia môžem urobiť kávu, otvoriť hlavné dvere a vysrať sa, bolo na mňa priveľa.

Znechutený som sa vrátil prespať do domu hrôzy, ktorý sa stále hemžil stavbármi. Šiel som hore do svojej izby. Dvere boli zvesené z pántov a všetko obalené v igelite. Posteľ bola zasnežená jemnou omietkou.

Ukladal som si tašku do rohu, keď prišiel starý Mexičan s vedrom čerstvej omietky.

„Dobrý deň," pozdravil som sa. Ignoroval ma.

Išiel som za Derekom. Jeho kancelária bola poobíjaná až do tehly a tiež mal všetko obalené v igelite. Pevná linka na stole mu začala vyzváňať. Cez hrubý igelit sa snažil prebojovať k telefónu.

„Čo sa tu deje?" opýtal som sa ho. „Myslel som, že máte len jednu prasklinu pri mojej izbe."

„Stále prichádzajú s novo objavenými prasklinami, ktoré

sme tu nikdy nemali. Hillary im dovoľuje búranie domu!“ povedal Derek so slzami v očiach.

„Kde je Hillary?“

„Išiel do Staples Centre na kozmetickú konferenciu. Musím nájsť vedúceho Mexičanov a povedať mu, čo je veľa, to je veľa!“

Elegantne oblečený Mexičan vstúpil do kancelárie. Derek sa zmenil na šarmantného muža.

„Hej, Juan, ako sa máš? Ján, toto je Juan, stavbyvedúci.“ Potriasol som mu rukou.

„Nadnes sme skončili. Máme prísť aj zajtra?“

„Jasnačka, v rovnaký čas. Skvelá práca,“ otvoril šuflík a napočítal tisícdvesto dolárov pre Juana.

„Ako dlho vám to ešte potrvá?“ opýtal sa Derek.

„Týždeň, možno dva,“ povedal Juan a odišiel.

„Naúčtoval ti tisícdvesto dolárov za tých pár dní?“ zostal som prekvapený.

„Nie, to je za jeden deň. Celkom dobrá cena za štyroch chlapov.“

Dosť veľká suma za zamaskovanie Hillaryho špionáže!

Vrátil som sa do izby a všimol si, že mi niekto robil niečo s taškou. Zips bol pootvorený. Obálka so štyrmi tisíckami dolárov bola fuč. Prehľadal som celú tašku a potom ju vyprázdnil. Dva- či trikrát som ju skontroloval. Nič. Rozmýšľal som, či som ju niekde neschoval. Ale nie. Nemal som kde, všetko bolo obalené v igelitoch.

Išiel som hneď za Derekom a povedal mu, čo sa stalo. Bol z toho znechutený.

„Si si určite istý?“ pýtal sa ma, akože som blbec. Zdvihol telefón a vytočil, myslel som, že volá stavbyvedúcemu.

Vytočil Hillaryho číslo a strčil mi telefón k uchu, keď sa ozval hlas.

„Povedz mu, čo sa stalo," nabádal ma Derek.

Vyrozprával som mu, čo a ako a on z toho hneď vynil mňa, psychopat.

„Vieš, že Mexičania kradnú, čo sa dá."

„A čo s mojimi peniazmi?"

„Kradnú všetko," povedal Hillary ešte hlasnejšie, akože som sprostý.

„Zavolám vášmu stavbyvedúcemu..."

„Počkaj, počkaj, daj mi Dereka," odovzdal som telefón.

Počul som Hillaryho zvýšený hlas, ako káže Derekovi všetko poriadne skontrolovať a pokračoval: „Načo mal toľko peňazí v taške?"

„Ja som mal tisícdvesto dolárov v stole celý deň a mne ich nikto nezobral."

„Je si istý, že tie peniaze mal?" špekuloval Hillary.

„Budem musieť volať Juanovi, možno ich len niekam preložili," povedal Derek.

„Boli v zazipsovanej taške," povedal som nasrane, „prečo by sa mi niekto hrabal v mojej zazipsovanej taške? Ja im tiež nejdem do náradia."

Počul som, ako Hillary vraví: „Keď ich obviníme, tak sa možno nevrátia!"

Derek ukončil hovor.

„Nahnevali sme Hillaryho," povedal vystrašene.

„Práve mi ukradli 4 000 dolárov a já sa mám báť, že sme nahnevali Hillaryho?" hnev mi prúdil žilami.

„To nie je až tak veľa peňazí," oznámil mi s vážnym ksichtom Derek!

Zazrel som na neho namosúrený, myslím, že mi z uší šla aj para. Čo im drbe? Svine, nemajú ani šajnu o hodnote peňazí, zabarikádovaní vo svojom kapitalistickom americkom svete. Nanútene zavolal Juanovi. Vrátil som sa do izby a opäť skontroloval všetky už skontrolované miesta. Stiahol som igelit z postele a telky a hľadal ako blázon.

Derek vošiel.

„Juan je nahnevaný, vraj ak to niekto ukradol, tak jedine ten nový chlapčisko, čo tu bol dnes. Ponúkol sa, že ti všetky peniaze vráti. Zajtra."

Pozeral som prekvapene a riadne mi odľahlo.

„O. K. Ďakujem!"

„Mal by si sa vyspať, vyzeráš dosť nezdravo," pozdravil sa a odišiel.

Keď som vyšiel zo sprchy, počul som, ako sa zabuchli hlavné dvere. Hillary sa vrátil z konferencie. Telefóny začali vyzváňať ako besné a nastalo veľa kriku.

Štveral som sa do postele, keď zazvonil niekto od brány.

Moje dvere sa rozleteli ako v kovbojke a dnu vletel Hillary so štyrmi Mexičanmi a s Juanom. Hneď za nimi sa držal Derek.

„Ukáž nám, kde si mal tašku," zahučal Hillary. (Bol som len v slipoch.)

Šokovaný som ukázal na roh izby a hodil na seba mikinu.

Mexičania sa potom roztrúsili po izbe a začali sa hrabať v šuflíkoch a v mojej taške. Jeden chlapík nadvihol paplón, druhý vankúš.

„Čo, do kelu, robíte?" vytrhol som im tašku z rúk.

„Musím sa presvedčiť, že ti obálka niekam nevypadla

ešte pred tým, ako obviním svojich stavbárov. Títo chlapi sú veľmi čestní!"

„Vidíš, sú čestní," povedal Hillary.

Pokračovali s hľadaním v mojej izbe, ale, samozrejme, nenašli nič.

Hillary sa ujal vodcovského slova:

„Ján, tak si to celé ešte raz prejdime. Prišiel si o...?"

„Päť tridsať!"

„A hneď si šiel do dvojej izby aj s taškou?"

„Áno!"

Jeden zo stavbárov šuškal niečo po španielsky Juanovi.

„Hovorí, že si mal tašku odzipsovanú a prišiel si o päť štyridsať a nie päť tridsať, ako vravíš," povedal Juan.

„Tak vidíš, obálka ti mohla vypadnúť aj na ulici," súhlasne povedal Hillary.

„Nie!" nasral som sa ešte viac.

„Mýlil si sa s časom," dodal Juan, „tak sa môžeš mýliť aj so zazipsovanou taškou!"

„Možno," začal som o sebe pochybovať. Tašku som skontroloval, obálku, ktorá bola v taške, nemám, čo som to trepol? Každý na mňa zazeral a Juan vyzeral, akoby mal riadnu zápchu.

„Ach, chlape... Pozri na mojich mužov, sú čestní, ak niekto, tak to bol Jose."

Ticho.

Chvíľu sme všetci po sebe pozerali.

„Zavolám mu. Si si určite istý?"

„Počúvaj," nasrane som na neho vyštartoval, „mal som štyritisíc dolárov v taške, keď som prišiel do izby. O polhodinu boli fuč!"

„Okej, okej," Juan vytiahol iPhone a odišiel von zavolať Josemu. Ostatní zostali v izbe a premeriavali si ma. Derek vyzeral dosť nepohodlne. Hillary sa na prekvapenie začal vtierať stavbárom.

„Naozaj skvelá práca, chlapi," ukazoval na zbombardovanú izbu, omietku, prach...

„Viem, že vy by ste tie peniaze nezobrali. Nemyslíme si, že ste to boli vy."

Chlapčisko vytasil mobil a začal mrzuto esemeskovať.

„Hej, chceš keksík?" strkal sa mu do riti Hillary. Chlapčisko len zazrelo a otočilo sa späť k svojmu mobilu.

„Aké sú tie dnešné deti, hm...?" Hillary vyceril umelý úsmev cez ešte umelšie zuby.

Juan sa vrátil do izby.

„Chlapík, ktorému som volal, je môj najlepší stavbár a vravel, že on nič nezobral."

„A čo teraz?" zarazene som sa pýtal.

„Myslím, že by sme mali vyčkať a uvidíme, či sa objavia," povedal Juan.

„To je skvelý nápad," sekundoval Hillary.

„Ak sa neobjavia zajtra, tak ti ich preplatím. Dohodnuté?"

Chcel som niečo povedať, ale Hillary za mňa súhlasil a Mexičania sa pobrali domov.

Obliekol som si tepláky a zišiel dolu po omietkou zaprášených schodoch.

Derek zatváral dvere za stavbármi. Hillary odhodil masku a zazrel na mňa na schodoch: „Dúfam, že sa zajtra vrátia. Inak sme v riti."

„Prečo by sa nemali vrátiť?"

„Mexickí stavbári tak fungujú. Začnú robotu a potom ťa nechajú v sračkách.“

„Odmietnu sa vrátiť, ak im nepridáš viac peňazí, sú riadni zdierači,“ dovysvetľoval Derek.

„Prečo ste teda pochybovali, že ma okradli?“

„Ja viem, že ti ich ukradol jeden z nich,“ povedal Derek.

„Já len dúfam, že sa vrátia,“ dodal Hillary.

„Aj ja. Boli to moje peniaze na nový apartmán.“

„Nuž ak sa nevrátia, budeme musieť zapnúť kreatívne myslenie,“ Hillary znel negatívne.

Vrátil som sa do postele a zapol notebook. Potreboval som hovoriť s normálnym človekom, tak som skypol Sašu.

Na obrazovke sa objavila rozospatá Sašina hlava na vankúši.

„Chris?“ ozvala sa. „Prepáč, zaspala som.“

„Tu je Janisko a nie Chris, moja zlatá. Nechám ťa vyspať.“

Zasvietila lampu na nočnom stolíku, jej londýnska izba sa vynorila z tmy. Boli tri hodiny ráno.

„Nie, Janko, zostaň,“ posadila sa, „zaspala som na mobile. Kecala som s chalanom z práce. Randíme spolu.“

„Nevrav, mali ste špinavý sex cez mobil?“ uťahoval som si z nej.

„Nie. Brblal o pôžičke z banky, dlhoch na kreditke, nejakej kríze... Vypla som zvuk a zaspala.“

Rozosmiala ma.

„Veľmi ma teší, že môj patetický ľúbostný život ťa vie pobaviť. Ako sa mávaš?“

Opísal som jej môj katastrofický deň.

„Preboha. Musíš od nich vypadnúť! Keď si mi o nich

hovoril ešte na začiatku, vedela som hneď, že si si s nimi nemal začínať.“

„Nie je to také jednoduché, Saška.“

„Prečo nie? Máš dosť peňazí na hotel, aspoň na pár týždňov. Mal by si odísť a ubytovať sa v niečom normálnom.“

„Nie. Využili ma a ja ich využijem tiež.“

„Tým tvojím využívaním si prišiel o štyritisíc dolárov. Dosť na to, aby si si ešte niečo dokazoval, Janko.“

„Saška, tu každý hrá nejaké hry, len nevedia, že chalanisko z východnej Európy ich vie hrať tiež.“

„Hm, len si dávaj pozor, aby si sa nestal jedným z nich!“

Všimol som si, ako nádherne snežilo za Saškiným oknom, sneh bol osvietený oranžovým pouličným osvetlením, vyzeralo to idylicky. Zosmutnel som.

„Krásne u vás sneží, Saška.“

„Áno, zlatko, keby si bol v kontakte častejšie, tak by si vedel, že sme mali v Londýne biele Vianoce. Prvýkrát za tridsať rokov.“

„Wow! Tu je veľmi teplo a vlhkosť vzduchu je nechutná. Stále sa potím ako potkan. Hneď by som bral trochu snehu.“

„To si len myslíš. Nie je to až také romantické. Hlavne keď potrebuješ byť v práci v centre Londýna o siedmej ráno a všetko tu skolabuje pre tri snehové vločky.“

Zapálila si cigaretu.

„Musím ti niečo povedať,“ vydýchla dym, „rozmýšľala som, či ti to mám povedať, alebo nie.“

„Hovor. Teraz už musíš. A fúkni mi trochu dymu, robíš mi chuť na cigu.“

„Myslím, že Rob niekoho má!“

Zovrel sa mi žalúdok a pridalo mi to na nepohode z celého nechutného dňa.

„Utekala som z roboty na metro a Rob vchádzal do Harvey Nichols so starším chlapom.“

„To ešte nič neznamená.“

„Bol to veľmi pekný starší muž,“ potiahla si z cigarety a smutne sa na mňa pozrela.

„Rob vyzeral veľmi šťastný v spoločnosti staršieho fešáka.“

„Už som pochopil, aký je krásny ten starý chlap, nemusíš to stále opakovať. (lepšie by sa počúvalo, keby bol s nejakým Quasimodom) A čo si videla? Čo robili?“

„Rob ho objal, smiali sa, chlapík podržal Robimu džentlmensky dvere, potom mu dal ruku okolo pliec a vošli dovnútra.“

„Stále to nič neznamená,“ snažil som sa upokojovať klamstvom.

„Kaviareň na piatom poschodí je veľmi romantickým miestom pre zaľúbencov, Janko.“

„Ale nevieš, že išli práve tam.“

„Dobre, tak išli do chovproduktu.“

„Si hrozne vtipná!“

„Nevzdávaj sa, bojuj o neho!“

„On so mnou už nechce byť.“

„Si si tým istý?“

„Povedal mi to veľmi zreteľne.“

„Tak by si mal zabojovať lepšie alebo na neho zabudnúť a pokračovať v živote,“ povedala milo a úprimne.

„Prečo sa zahadzuješ s hollywoodskymi bezcennými

sračkami? Vypadni z toho domu a uži si život... Ak ti to pomôže, tak mne tu veľmi chýbaš, Janko."

„Pomohlo a tiež mi chýbaš, Saška."

„Mali by sme ísť spať," povedala, „nechaj si zapnutý skype, tak nebudeme zaspávať osamelí, budeme mať jeden druhého."

Položil som si notebook k hlave na vankúš. Saška mala svoj už na vankúši. Mal som pocit, ako by sme boli zababušení spolu.

„Dobrú noc, Janko."

„Dobrú noc, Saši."

Videl som jej spiacu tvár iba pár minút pred tým, ako som upadol do hlbokého spánku. Prvýkrát od môjho príchodu som sa necítil sám...

TÝŽDEŇ Z PEKLA – ČASŤ DRUHÁ

Konfrontácia Juana a mexických stavbárov zanechala Hillaryho a Dereka zahanbených vo vlastnom dome. Pátranie po zlodejovi v ich slovníku znamenalo drzosť.

Nemalo to vôbec logiku!!

Nadchádzajúcich pár dní sa Hillary a Derek každé ráno vyparili pred ich príchodom, aby sa nemuseli cítiť trápne vo vlastnom dome. Bez problémov nechali zlodejom čistý vzduch, nech si ešte niečo vyberú.

Takto šialene choro myslia americkí republikáni, prinajmenšom republikáni ako Derek a Hillary.

Poviem vám príklad.

Americkí republikáni sa boja toho, aby si o nich niekto nemyslel, že sú drzí.

Taká americká televízia. Veľa staníc vychádza v ústrety konzervatívnym republikánom, takže ani v nočnom vysielaní sa nesmie hrešiť. Slová ako hovädo, vysrať, hovno... sú vypípané. No a napríklad holý zadok alebo prsia sú vyštvorčekované ako v krimi správach aj po polnoci.

Krvilačné zabíjanie je v poriadku, hlavne keď krvilačným zabijakom je heroický Američan, no čo i len rozprávanie o sexe by bol riadny škandál po celej krajine. A po zabijackom filme si potom môžete pokojne kúpiť pištoľ v supermarkete hneď vedľa mlieka.

Republikáni sú veľmi antiprisťahovaleckí, pokiaľ nejde o ilegálnych mexických stavbárov, ktorí im opravia alebo postavia celý dom za „lacné" prachy.

Dolár je pre republikánov vždy na vyššej úrovni ako zásady!

Na výmenu za stratu morálky akceptujú, že im nelegálni Mexičania sem-tam niečo ukradnú. Pokiaľ nie sú veci v trezore, sú vo výmennej ponuke.

Pretože som mal tú drzosť a spochybnil ich status quo, keď mi ukradli štyritisíc dolárov a spochybnil aj tieto nepísané zásady, tak som skončil v nemilosti Mexičanov aj Američanov! A to pod jednou strechou.

Cítil som sa ako na bojisku medzi dvoma tábormi s revolverom priloženým k hlave a šatkou cez oči.

Situácia ma urobila ešte tvrdohlavejším (a sprostejším), tak som zostal do konca týždňa.

Rána som trávil v Starbuckse premýšľaním o Robim a o tom, v akej debilnej pozícii som sa ocitol. Špehoval som Robiho facebook a twitter, na ktorom bolo nasledovné:

„Práve som sa stretol so skvelým chlapíkom, všetci chalani a baby v divadle ho chcú!"

Saša mala fakt pravdu, ten bastard ma vymenil za nejakého krásneho dedka. Chcel som si to s ním vybaviť, zavolať mu a porozprávať sa o tom. Mal som! Bol som zo všetkého vyšťavený, nemal som síl.

Každé poobedie som sa vracal do domu za Juanom, ale ten sa mi prešpekulovane vyhýbal. Neviem, či ho Derek a Hillary vždy varovali, keď ma videli prichádzať...

V piatok som sa vrátil o dosť skôr, aby mi nemohol utiecť, sviniar. Pristihol som ho s Derekom v kuchyni.

Keď ma zbadal, mal smrť v očiach.

„Hej. Mojich štyritisíc dolárov sa celý týždeň neobjavilo."

„Ako som už hovoril, toto sú moji najlepší chlapi, sú čestní. Peniaze sa ti určite niekde objavia," sral ma Juan.

Všetci sme dobre vedeli, že to boli klamstvá.

„Prečo si mi teda vravel, že mi peniaze vrátiš na druhý deň, ak sa peniaze nenájdu?!"

Juan pozrel na Dereka, ktorý pokrčil plecami.

„Okej," povedal Juan, „zajtra ti dám peniaze."

„Nie, chodil som za tebou každý deň a ty si sa mi vyhýbal."

„Zajtra, ich tu budeš mať."

„Vyzeráš ako chlap, ktorý dodrží slovo Juan?" ironicky som podotkol.

„Vždy! Som čestný," bránil sa Juan.

„Nedal si Derekovi svoje slovo, že mi peniaze vrátiš?"

„Áno?"

„Prešiel týždeň a tvoje čestné slovo vyzerá skôr ako klamstvo! Presvedč ma o opaku a daj mi, čo mi tvoja banda dlží!"

Pozrel na Dereka. Mal som bastarda v hrsti, nemal ako vycúvať, bol riadne nasratý. Vytiahol peňaženku, preplnenú cashom a napočítal tridsaťpäť stodolároviek.

„Ukradli mi štyritisíc!" nedal som sa.

Pripočítal ďalších päť, šmaril mi ich do ruky a vyletel z dverí ako búrka.

„Vidíš, Juan je skvelý chlapík," povedal neistý Derek.

Chcel som si dať víťazný tanec, ale radšej som odišiel do záhrady a dal si svoje pivko z vonkajšieho baru.

Vysedával som tam pár hodín s odľahčeným srdcom a ďalšia dobrá správa na seba nedala dlho čakať. Veronica mi poslala esemesku a pozvala ma na svoje stand-up vystúpenie. Mám prísť o tretej a spolu odšoférujeme do Orange County. Vďakabohu, Alahovi a všetkým všemohúcim nad nami a aj pod nami za vrátenie peňazí a vystúpenie, ktoré ma dostane z tohto pekla von.

Išiel som dnu, keď som začul Hillaryho vreskot z kuchyne. Vrátil sa z fitka a vyzeral dosť bledo:

„Kde všetci zmizli? Kde sú tie mexické svine?"

„Neviem, mal som zatvorené dvere na kancelárii, pracoval som," ospravedlňoval sa Derek.

Boli len dve hodiny popoludní, stavbári mali svoje veci zbalené a zdúchli bez slova.

Mexičania nechali dom v katastrofálnom stave, podobal sa na pozostatky domu v Pompejach. Nábytok bol stále v igelite a pod prachom sa nedalo rozoznať, čo je čo.

Hillary ma zbadal a ušiel predo mnou z kuchyne.

„Čo sa so mnou Hillary nebaví?"

„Hillary má... žalúdočné kŕče," ospravedlňoval ho Derek.

Z haly sme počuli Hillaryho krik. Preskákali sme obalený nábytok, kopy bordelu cez igelitové plachty...

Medený záchod bol vytrhnutý a položený na spodku

schodov. Niekto, som si istý tým, že to boli Mexičania, doň napchali dáždniky.

„Kde je ten skurvený záchod?“ hučal Hillary. Vybehol spoza igelitu, s bolestivo vyzerajúcou tvárou.

„Myslím, že je to tvoj nový držiak na dáždniky, Hillary,“ sarkasticky som poznamenal.

„Ježišikriste?“ zahučal a utekal hore schodmi. Počuli sme jeho beh nad nami v chodbe pred ich spálňou. Zakričal ešte hlasnejšie a naklonil sa cez zábradlie zhora.

„Nie je tu žiadna hajzlová misa!“

Derek vybehol hore a ja za ním. Záchod v ich kúpeľni bol taktiež vytrhnutý a spolu aj s umývadlom položený v strede ich spálne. Dokonca z neho ešte vytekala zvyšná voda.

Hillary vbehol do mojej izby.

„Kurva, aj v tejto kúpeľni vytrhli misu!“

Utekal do ďalšej a jeho výkriky potvrdili, že Mexičania im vytrhli všetky záchodové misy a umývadlá.

Hillary znovu vyletel na chodbu, prekladal si silene nohy.

„Preboha!“ hopkal s prekríženými nohami na jednom mieste. „Ja to neudržím.“

„Rýchlo, použi smetiak,“ Derek utekal dole do kuchyne a Hillary to prehopkal ako zdutý zajo. Nemohol som si pomôcť, nasledoval som ich.

Derek rýchlo rezal igelit z nábytku v kuchyni, aby našiel nejakú misu alebo smetiak pre Hillaryho.

„AAAAAAAHHHHHHH!“ vrieskal Hillary a kopal do steny.

„Toto je všetko tvoja chyba, ty skurvený kokot!“ zahučal

na mňa. Agresívne si to nasmeroval na mňa, zrazu zastal. Oči sa mu otvorili ako potkanovi v Dobe ľadovej a sánka mu padla skoro ku kolenám.

Pozrel som na zem.

Hillarymu ušiel riadne hlasný prd a dosral sa cez šortky na béžovo mramorovú podlahu.

Ja a Derek sme si zapchali nosy.

„Derek! Rob niečo!" šepkal vystrašene Hillary.

Derek sa načiahol po mokrých vreckovkách.

Pozrel som na Dereka a Hillaryho.

„Ďakujem vám za tento zaujímavý zážitok, páni," pokojne som zdvihol svoju tašku a vytiahol z nej Hillaryho scenár na Without Years reklamu.

„Tu máš, Hillary, myslím, že sa ti zíde toaletný papier," šmaril som ho do jeho sračiek.

Hillary skamenel, zvyšky mu stekali po nohách na mramor.

Odišiel som z domu hrôzy so zbaleným kufrom, svojimi štyrmi tisíckami dolárov a najpodstatnejšie – so svojou dôstojnosťou!

ROZBITÁ HVIEZDA

Pri odchode z domu Dereka a Hillaryho som sa cítil, akoby som po dlhých rokoch opúšťal väzenie...

Na polceste dolu kopcom som natrafil na Noodles, hrala sa s Jimmy Choo topánkou. Keď ma zbadala, bola vytešená. Od radosti mi vyoblizovala celú tvár. Posadil som ju na kufor a nasmeroval si to k Veronicinmu domu.

Kufor na aute mala otvorený, aj brána bola dokorán.

Nasledoval som po stopách rozhádzaných topánok a oblečenia po chodníku v záhrade. Predné dvere mala pootvorené. Zarámovaná fotka Veronicy a Deana z nejakej párty ležala na podlahe s rozbitým sklom.

Vyťahoval som mobil z vrecka, aby som zavolal na políciu a ohlásil vlámanie. Dúfal som, že Veronica je O. K. Vtom sa objavili jej dlhé nohy schádzajúce schodiskom, malý obväz ešte zakrýval ranu z prepichnutia.

„Hej! Pomôžeš mi pobaliť? Nestíham. Ako vždy!"

Od mojej poslednej návštevy si dala vyviezť všetok odpad z domu. Dokonca sa zbavila aj potkanov, no teraz oficiálny bordel nahradila svojím oblečením, šminkami, topánkami, jedlom, roztrúsenými po schodoch a podlahách.

Vyšli sme hore do spálne. Znovu som myslel na to, že aj zlodej by zanechal jej dom v lepšom stave!

Naraz sa snažila vybrať niečo na seba a vymýšľať nový materiál na svoje vystúpenie.

„Napísala som niečo nové do môjho vystúpenia o Kim Kardashian, že sa správa ako prostitútka. Ale môj agent si myslí, že by ma za to mohla súdiť!"

„Koľko toho materiálu potrebuješ?"

„Takých desať minút. Viem, viem, nechala som si to na poslednú chvíľu."

Veronica našla ovládač a zapla telku. Klip Jennifer Lopez zažal hučať na celý dom, *„It's a new generation of party people... Pick your body up and drop it on the floor... let the rhythm change you wild on the floor... clap your hands on the floor... rock it up on the floor... if you criminal kill it on the floor, steal quick on the floor...*"

Bol to nový singel On The Floor (Na tanečnom parkete). V skratke, spieva v ňom o všetkom možnom, čo sa odohráva na tanečnom parkete... Je to riadne disko.

Veronica si nasrane prehodila vlasy:

„Tá pesnička je hrozná. Neznášam tú kurvu! Rozmýšľam, že ju budem imitovať v stand-upe."

„Desaťminútová imitácia J-Lo?" ironicky som poznamenal.

Natiahla si vyšklbanú hnedú parochňu a sadla si ku kozmetickému stolíku so zrkadlom.

Smial som sa.

„Čo?"

„Tá parochňa... si v nej dobrá."

Vytešovala sa a bláznivo si rozotrela krikľavo červený rúž okolo úst.

„Čo máš nového?" spýtala sa.

Vyrozprával som jej môj týždňový príbeh, ktorý sa skončil Hillaryho hnačkou...

„To je ono! To presne potrebujem. Zmením slová Lopézkinej pesničky z dostav sa na parket na hnačka na parkete – akože tancuje v sračkách."

Veronica pridala decibely k videu a začala tancovať po izbe a spievať – hnačka na parkete...

Pohľad na ňu bol neskutočne smiešny, len som sa nesmial s ňou, ale na nej!

Vtip bol v tom, že takzvaná komediálna géniuska Veronica Madison sa znížila až k niečomu takému. Vyzerala ako psychopat so záchvatom na liečení v Pezinku. Nevedel som, či mám plakať, smiať sa, alebo utekať kade ľahšie.

„Vyzerám ako Jennifer Lopez, nie?" pýtala sa ma v nádeji, že s ňou budem súhlasiť.

„Áno, vyzeráš," klamal som. Riťou sa jej naozaj podobala, ale tam sa celá podobnosť končila.

Cesta do Brey v Orange County cez nekonečné časti L. A. trvala takmer štyri hodiny. Dostavili sme sa do comedy klubu, na ktorom veľkými písmenami svietilo VERONICA MADISON LIVE, no Veronicu to moc nevzrušovalo. Nikdy nebola z ničoho nadšená, jedine do televíznych kamier dokázala vykúzliť emócie.

Klub bol veľký, mal približne päťsto miest na sedenie, všetky pri stoloch s lampičkami. Na Veronicinu šou bol vypredaný iba spolovice.

Cez prvú šou som sedel vzadu. (Robila dve v ten istý večer.)

Každý, kto si kúpil lístok v očakávaní, že uvidí skvelú komičku z American Muffin, Blonďavých právničiek alebo sitkomu Biff, sa nemusel unúvať. Veronica predviedla hrozne nehumornú, dlhú hodinu stand-upu. Hraničilo to skoro s trápnosťou. Hodinu sa zajakávala, lebo si nepamätala, čo má povedať, od nerovzity si škriabala všetky časti tela a pomaly vytrhávala nadpojené vlasy. Dlhý čas strávila imitáciou J-Lo, nespievala, ale škriekala domyslený text nekonečných desať minút. Na koniec pesničky si čupla a predstierala, že dostala hnačku na tanečnom parkete.

To si fakt nevymýšľam, to by sa ani vymyslieť nedalo.

V sále zostalo hrobové ticho, takmer som počul, ako niekto v prvom rade rozmýšľa.

Chvalabohu, šou sa skončila, Veronica utiekla do zákulisia, do *green roomu* (starajú sa tam o vystupujúcich umelcov). Utekal som za ňou a desil sa, čo jej na šou povedať, ak sa opýta.

„Hej," povedal som a objal ju, „celkom..."

„To bolo strašné, Jan. Hrozné."

Konečne sme sa v niečom zhodli, pomyslel som si.

Klopkanie na dvere.

Nízky, tmavovlasý chlapík s veľkým nosom a briadkou vstúpil do *green roomu*. Na krku mal bizarne vytetovaný čiarový kód ako na masle. Pripadal mi hrozne slizko.

„Hej, Veronica!" oblapil Veronicu. „Bola si skvelá! Nemala si chybu!"

Asi pozeral iné vystúpenie alebo vtierka bolo jeho priezvisko.

Pod pazuchou mal iPad a v ruke iPhone.

„Toto je Jan," predstavila ma Veronica, „Jan, toto je Kevin. Stará sa o moju twtitterovskú stránku. Koľko ľudí ma na nej sleduje?"

„Pri poslednom sčítaní boli dvaja," povedal Kevin vážne.

„Si jedným z tých dvoch ty?" opýtala sa ho.

„Áno," klamal Kevin, „ešte je skoro hovoriť o číslach... Ty si si prišiel po Veronicin podpis?" opýtal sa ma nadradene.

„Nie! Som Veronicin stylista."

„Jáj. Ty si tiež jej zamestnanec, pohoda."

Veronica odišla na záchod a zamkla sa.

Kevin sa posadil, stiahol obal z iPadu a začal prstom po obrazovke niečo hľadať.

„Napísal som ti nový materiál," kričal Kevin cez záchodové dvere.

Ticho.

„Mám tu vtip o hovoriacej medúze," kričal Kevin.

Počul som splachovanie záchodu.

„Nie je to vtipné?" smial sa Kevin. „Medúza, čo rozpráva!"

Len som na neho čumel.

„Ty to ani pochopiť nemôžeš, nie si z Ameriky," odvrkol mi.

„Áno, presne to je ten dôvod," povedal som sarkasticky.

„Hej, Veronica!" kričal ešte hlasnejšie. „Mám ďalší! O topánke, ktorá sa zaľúbi do ponožky, ale ich láska nemá šancu, lebo topánka sa nechce dať pojebať ponožke!"

Kevin sa rehotal na svojom nevydarenom vtipe ako trojročné iritujúce dievčatko.

„Chápeš? Musia to robiť naopak, ponožka musí vojsť do topánky!“

Dvere na záchode sa pootvorili.

„Zavri tú skurvenú hubu, Kevin,“ povedala Veronica a zabuchla dvere.

Dvere do *green roomu* sa otvorili. Dovnútra vošiel krpatý, plešivý, riadne pri tele chlapík. Myslím, že mu po brade ešte tiekla masť z večere. Bol fakt nechutný a smrdelo mu z úst ako zo starého vysávača. Tiahlo mu na päťdesiat.

„Kde je?“ vytočene sa opýtal.

„Kto si?“ opýtal sa ho Kevin.

„William, Veronicin stand-up agent.“

„Je na záchode,“ povedal som.

„Madison. Skvelá šou,“ kričal Veronice cez dvere, „mám pre teba dobrú správu. Kim Kardashian ťa nebude súdiť, tak môžeš zrušiť celý J-Lo prídavok. Aj keď to bolo hystericky smiešne.“

Ticho.

„Madison?“ klopal William na dvere.

„Madison!“ kričal, trieskal na dvere. Vyskúšal kľučku. Vybehol von a vrátil sa s manažérom klubu, ktorý mal rezervný kľúč.

Kúpeľňa bola prázdna, okno otvorené a záclona viala v prievane.

„Kurva!“ štekol William. „Kde je?“ Vbehol do prázdnej sály. S Kevinom sme ho nasledovali.

„Vyskúšam jej mobil,“ William zbledol a potil sa ako prasa na grile.

Našli sme ju na parkovisku. Sedela v aute a snažila sa trhať farebné káble pod volantom.

„Čo chceš ukradnúť vlastné auto?" umelo sa uškrnul William.

„Ten skurvený parkovací komorník mi nechcel dať moje klúče od auta!" kričala Veronica.

„Čo sa deje, Madison?" William otváral dvere.

„Nemôžem takto ďalej... Nechcem robiť tú debilnú šou."

„Nie je debilná... súhlasite so mnou, chalani?" Kevin súhlasil. Ja som zostal ticho.

„Neblbni, Madsion, už ti zostala len jedna malinká šou."

„Radšej budem obsluhovať v reštaurácii, ako by som sa mala vrátiť na pódium," povedala Veronica so zaslzenými očami.

„Musíš sa vrátiť na pódium," začal panikáriť William, „pravda, chalani, musí ísť späť."

„Áno!" pritakával Kevin.

„Vyzeráš hrozne, Veronica, v takomto stave by si nemala pokračovať," podporil som ju, „nemôžeme ľuďom vrátiť peniaze za lístky?"

„Áno, Jan, vráťme im peniaze!" povedala a pozrela na mňa. Po lícach jej tiekla maskara.

William zabuchol dvere na aute.

„Počúvaj ma, ty kokot!" zasyčal na mňa. „Nemáš ani skurvenú šajnu, ako tento biznis funguje. Majiteľ klubu jej zaplatil osemtisíc dolárov za dnešné vystúpenia. Ak ich nedokončí, tak sme v riadnej piči!"

Znovu otvoril dvere na aute.

Zostal som ako obarený.

„Poď, Veronica. Si skvelá!" upokojujúcim hlasom ju prehováral. „Ak chceš, zoženiem ti kokaín, nech sa dáš trochu dokopy!"

„Nie! Naozaj ťa prosím, nenúť ma do toho, William,“ zúfalo prosíkala. Hrozne mi bolo ľúto, kam dospela Veronicina kariéra. Nič si nemohla urobiť po svojom a spoliehať sa s kariérou musela na agenta kreténa, ktorému tiekla masť z jedla po ksichte a smrdelo mu z huby.

„Mám ísť dokončiť šou miesto teba?“ ponúkol sa Kevin.

„Nemyslíš, že by si niekto všimol, že nie si Veronica Madison?“ odvrkla Veronica.

„Môžem robiť môj stand-up. Mám skvelý vtip o tučniakovi. Mám ísť?“

„Už sa upokoj. Som si istý, Keith, že si skurvene komický,“ snažil sa ho zastaviť William.

„Som Kevin, nie Keith.“

„To je jedno.“

Veronica sa znovu rozplakala. Podal som jej vreckovku.

„Pozri, Veronica. Ujo William bude musieť pritvrdiť a byť odporný, ak sa na to pódium neodtrepeš. Obaja vieme, že si súdny proces nemôžeš dovoliť,“ vydieral ju William.

„Mňa to nezaujíma!“ zakričala Veronica.

„Ale zaujíma, nefňukaj a padaj do sály!“ William ju odpásal, vyštval z jej vlastného auta a vyhrážkami prinútil, aby zahrala aj druhú šou.

My traja sme si sadli k zadnému stolu. Ušla sa mi stolička medzi Kevinom a Williamom.

„Ak sa ešte raz pokúsiš podryť moju autoritu,“ William sa ku mne nahol a šepkal, „prisahám Bohu, že ťa zabijem. Myslím to vážne!“

„Ak sa so mnou budeš takto ešte raz baviť,“ šepkal som mu naspäť, „nahovorím Veronicu, aby ťa vyrazila a nech sa postará o to, aby tú tvoju tlstú, arogantnú riť vyrazili aj z agentúry! Stylisti sú veľmi vplyvní ľudia."

William zbledol a držal hubu. Ja som sa cítil fantasticky.

Aj druhé vystúpenie bolo hrozné, ak nie ešte horšie. William zabudol Veronice povedať, že môže imitovať Kim Kardashian namiesto J-Lo.

Pri sledovaní Veronicinej druhej imitácie hnačky a spievania som sa cítil, akoby mi skolaboval celý život. Keď som ju spoznal, mal som ten pocit, ako keď stavíte všetky svoje peniaze na víťazného koňa. Myslel som, že budem pracovať pre úžasnú filmovú hviezdu a to ma privedie k ďalším vzrušujúcim príležitostiam. Teraz som premýšľal nad tým, že je už len vyhasnutou hviezdou a ako hlboko klesla.

Druhá šou sa skončila o jednej ráno. William sa rýchlo vyparil, vytešený zo svojich dvadsiatich percent zo zárobku a z tučnej obálky, ktorú mu majiteľ pichol do vrecka ako ďakovné.

Pomohol som Veronice pobaliť. Potom sme išli za Kevinom na parkovisko.

Otvorili sme zadné dvere klubu a počuli veľký vreskot a hrešenie. Dvere na jej Porsche boli otvorené, svetlo svietilo na Kevina, ktorý si trhal vlasy.

„Bože! Bože, môj!" hulákal.

„Čo sa deje?" opýtal som sa ho s vypúlenými očami.

„Môj iPad nefunguje!" kričal.

„Vybila sa baterka alebo čo?"

„Nie. Proste nejde," povedal zúfalo, „potrebujeme ho, nemôžem bez neho žiť."

Veronica si sadla do predného nešoférskeho sedadla. Kevin neprestal panikáriť, usadil som ho na zadné sedadlo.

Musel som šoférovať ja.

„Som hladná," ozvala sa Veronica.

„Aj ja," pišťal Kevin, „asi odpadnem. Mám nízku hladinu cukru!"

Bolo to, akoby som mal dvoch mentálne retardovaných pacientov v aute. Veronica bola tichým Rain Manom a Kevin manickým schizofrenikom s tikmi.

Jediná reštika otvorená po polnoci bola Denny's na diaľnici. Budova bola vysvietená blikajúcimi neónkami.

Bola takmer prázdna. Napchávali sa v nej len štyria zhulení školáci a pri stole v rohu tri baby, ktoré som spoznal z hľadiska Veronicinej šou. Čašníčka nám priniesla jedálne lístky.

Veronica sa nemusela obávať, že ju niekto spozná. Pod modrými neónkami vyzerala ako vyšťavená vykopávka.

„Objednajte si, čokoľvek chcete. Dnes platím ja. Musím ísť na záchod."

Kevin si našiel zástrčku pri umelej kvetine, pichol do nej nabíjačku z iPadu.

„Nenabíja sa, do frasa. Nenabíja!"

„Upokoj sa," upokojil sa skôr, ako som chcel. Túžil som po dôvode, aby som ho mohol trochu preplieskať, kreténa.

K stolu prišla milá čašníčka.

„Fungujú vám zástrčky?" opýtal sa Kevin.

„Prosím?" čašníčka nechápala, o čo mu ide.

„Zástrčky v reštaurácii. Fungujú? Mám veľký problém. Nenabíjajú môj iPad!"

„Áno. Fungujú."

„Ste si istá?" Kevin vstal a strčil nabíjačku do inej zástrčky. „Ste si naozaj istá? Nenabíja! Nefunguje!"

„Áno. Fungujú," povedala mu veľmi pokojne, „používam ich pri vysávaní reštaurácie pred tým, ako začnem nočnú službu, ktorú musím brať, lebo mám štyri deti a žiaden iný príjem. Nevyspala som sa poriadne štyri roky."

Kevin na ňu zazrel.

„Dúfam, že sa teraz cítiš lepšie aj so svojím iPadom, hm?"

Kevin sa cítil previnilo a potichu si objednal.

Po ceste na záchod som si všimol Veronicu kecať so zhulenými chalanmi pri ich stole.

Keď som sa vrátil, jedlo už bolo na stole.

Jedli sme v tichosti, ktoré prerušil Kevin: „Nabíja sa. Bože, on sa nabíja!"

„Chvalabohu!" zašomrala čašníčka za barom.

Veronica zaplatila za večeru, čašníčke dala veľké sprepitné.

„Ďakujem veľmi pekne," čašníčka bola veľmi vďačná, „ľudkovia pri dverách vám chceli poďakovať, že ste im vyplatili účet."

„To je zlaté, že si platila za večeru babám, čo prišli na tvoju šou."

„Nie, nie. Tí chalani," povedala čašníčka, „a dávajte si pozor na tú trávu, čo ste od nich kúpili. Je dosť silná."

Veronica ju odignorovala a odišla k autu.

V nekonečnom tichu sme došli do hotela Holiday Inn pri diaľnici.

Na recepcii sme dostali kľúče od izieb a rozlúčili sa bozkmi na líca.

„Hej Veronica,“ ohlásil ju Kevin na ceste k výťahu, „ak chceš, ušúľam ti jointa. Nemám s tým problém, aj keď som len minulý týždeň ukončil odvykačku.“

Veronica nasrane zazrela a pokračovala smerom k svojej izbe.

„Dobrú noc, Kevin,“ pozdravil som ho a odišiel.

Vystresovaný Kevin zostal na recepcii a zbesnene hľadal miesto so signálnom na iPad – o tretej nadránom!

JA & ZSA ZSA

Deň po Veronicinom katastrofálnom vystúpení som našiel útulný apartmán na Craigsliste. Bral som ho všetkými desiatimi. Potreboval som domov...

Bol v časti Los Feliz, asi kilometer od Hollywoodu. Los Feliz je oveľa *coollovejší*, viac hippie a uzemnenejší ako Hollywood a je na dohodenie od kaviarne Intelligentsia, kde som mal prvé pracovné stretnutie s Veronicou.

Bol veľmi výhodný, mal všetko, čo aj môj predošlý apartmán, len za menšie nájomné, a vo veľkom dvore bol aj bazén tienený palmami.

Január a väčšina februára ubehla veľmi rýchlo a ja som sa vsal do hollywoodskeho životného štýlu.

Väčšinu dní som pracoval pre Veronicu. Mala ešte najeké stand-up vystúpenia (chvalabohu, impresie J-Lo už nerobila a zakázala o nich čo i len hovoriť). V polovici januára sa upísala na natáčanie American Muffin 4, ktorý sa bude točiť začiatkom marca. Hrozne som bol vytešený, hlavne keď ma oficiálne oslovila s ponukou byť jej stylistom na natáčaní v Miami.

Strávil som veľa času scoutovaním tých naj outfitov (teraz už viem, aký skvelý výber som urobil, keďže Veronica sa stala v mojich šatách tvárou filmu po celom svete). Taktiež si ma objednala na výber outfitu na odovzdávanie Oscarov.

Všetko ostatné šlo nechtiac stranou. Nemal som čas na Slovensko, na priateľov, na rodinu a ani Robi už nemal toľko miesta v mojej hlave. Sústredil som sa na to, aby som odviedol ten najlepší džob, aký sa len dal.

Začiatkom februára Veronica oficiálne spravila z Kevina svojho asitenta. Neriskovala to s ďalšou babou.

Nemala ho veľmi rada, ani ho nechcela mať pri sebe a často vravievala, že ju Kevin hrozne irituje a je riadny psycho, o to bolo šokujúcejšie, že si ho zvolila za asistenta.

Myslím, že ju Kevin vyšťavil a uštval až tak, že nemala na výber. Každé ráno stál pred jej domom s čerstvou kávou a košíkom mafinov, nepozvaný a nechcený. Mal neskutočne hrubú kožu na ksichte a žiadnu chrbtovú kosť, a to sa mu nakoniec vyplatilo. Urobil zo seba nepostrádateľného. Zorganizoval jej dom a život.

Veci vo Veronicinom živote sa zmenili, Kevin z nej urobil nedostupnú a vytiahol z nej tie najhoršie vlastnosti, ktoré dovtedy šikovne skrývala.

Pár dní pred Oscarmi som jej zavolal, no mobil zdvihol Kevin.

„Hej, Ján. Veronicine hovory aj poštu odteraz preberám ja," povedal samoľúbo.

„Potrebujem s ňou hovoriť, musím vedieť, koho berie so sebou na Oscarov."

Myslím, že ja a Kevin sme obaja tajne dúfali, že zoberie jedného z nás.

„Nuž, tvoja fotka na stránke Pereza Hiltona veľmi nezabrala," Kevin sa ma snažil obrať o moje vysnívané a takmer nereálne pozvanie na Oscarov.

„O čom trepeš?" naozaj som nevedel, o čom melie.

„Tá tvoja trápna fotka s Veronicou."

Stále som nechápal, o čo mu ide.

„Nepredstieraj," povedal, „Veronicin zajačik? Veronicin *fucker*? Pretvárka staršej dámy?"

„Čo ti drbe, Kevin?"

Rýchlo som si zapol notebook a vyhľadal najpopulárnejšiu svetovú klebetnú stránku Pereza Hiltona, každý deň prichádza s hollywoodskymi šoubiznisovými novinkami. Musel som sa pohrabať v archíve. Našiel som článok, kde písali o tom, že Veronica bude v novom pokračovaní American Muffin a má nového zajačika. Bola tam vycapená fotka Veronicy nalepenej na mne, ktorú paparazzo urobil pred Shrapnelom, pár dní po Vianociach.

Vyzeral som na nej dosť dobre, to isté však nemôžem povedať o Veronice. Ani v nočnom svetle jej pózovanie veľmi nevyšlo a vekový rozdiel medzi nami na fotke bol ešte väčší ako v skutočnosti. Vyzeralo to, akoby som bol na rande so Zsa Zsa Gabor.

„Môžeš mi dať Veronicu?"

Mobil zaškrípal a Kevin mi veľmi neochotne odovzdal Veronicu.

„Hej, Jan,“ pozdravila, „Kevin, choď a urob mi popcorn v mikrovlnke, nezabudni na olivový olej,“ zbavila sa ho.

„Nevieš, ako sa naša fotka dostala na stránky Pereza Hiltona? Já s tým nemám nič spoločné...“ bál som sa, že by ma mohla podozrievať z predaja fotky a jej súkromných detailov.

„To je O. K. Nemusíš sa cítiť blbo, takto to v Hollywoode chodí. Oni si vždy nájdu niečo zaujímavé, hlavne Perez. Myslíš, že mi to svedčí na tom zábere?“

„Hm, áno, vyzeráš fajn ako hollywoodska hviezda,“ na jazyku som mal, ako zúfalá hviezda bez žiary. Cítil som sa trápne, do Hollywoodu som až taký zažratý, že sa bojím povedať vlastný názor. Nechcem sa stať jedným z nich, nechcem byť americkým Janom, chcem byť európskym Jánom, ktorý si vždy stojí za svojím názorom a kráča životom so vztýčenou hlavou.

„Ďakujem, Jan.“

„Potrebujem vedieť, s kým ideš na Oscarov, Veronica, aby som mohol zladiť outfity.“

„Beriem Donalda Golda.“

„Nie je on členom Academy Awards?“ opýtal som sa prekvapene, predsa je šéfom kastingu v Universal Studios. Členovia Academy Awards sú pozvaní aj s hosťom. V tom prípade by mala Veronica voľnú pozvánku, dúfam, pre mňa.

„Nie, on členom nie je,“ povedala škodoradostne, „poviem mu, nech sa ti ozve.“

Ukončili sme hovor a ja som sa vrátil k vešiaku s Veronicinými outfitmi na Oscarov. S výberom som mal voľné ruky, hlavne keď mi dala neobmedzený rozpočet.

Oscary sú najprestížnejšou udalosťou pre každého herca a podľa toho sa aj riadia.

Zazvonil mi skype.

Mamina volala z Nitry.

„Tak ty žiješ?" povedala. Cez jej okno som videl, ako sa topil sneh. Vlasy mala dlhšie a farbu vyrastenú. Uvedomil som si, že som sa jej neozval skoro dva mesiace.

„Práve mi volala žena z... počkaj, napísala som si to, hovorila so mnou tlmočníčka, prekladala mi do češtiny..."

Ticho.

„Mám to, bola z E News, neviem, čo to je. Hovorila, že Giuliana Rancic chce potvrdiť, či randíš so Zsa Zsa Gabor? Neviem, kto sú tí ľudia, ale povedala som, že s ňou nerandíš. Je to tak?"

Giuliana Rancic je skvelou moderátorkou a veľkou súčasťou populárnej americkej televíznej stanice E Entertainment, ktorá sa zaoberá šoubiznisom a všetkým, čo k tomu patrí.

Bol som šokovaný, až ako ďaleko zájdu za klebetami a špekuláciami.

Mamine som vysvetlil, o čo ide a že so žiadnou ženskou nerandím.

„Babka bude sklamaná," povedala. Na obrazovke som si všimol babku, ako sa nervózne prechádzala v obývačke. Mala na sebe svoj starý, ale stále pekný kožuch, klobúk a zlato.

„Prišla pred chvíľou, dúfala, že sa aspoň cez skype zoznámi so Zsa Zsou," maminin hlas zosmutnel.

Vybuchol som a smial sa ako besný, prvýkrát po dlhom čase. Pripomenulo mi to, ako veľmi mi všetci chýbajú.

NA OSCAROCH

Desať dní pred udeľovaním Oscarov prestala Veronica jesť normálnu stravu, dala sa na diétu z javorového sirupu.

Diéta je taktiež známa pod názvom Beyoncé diéta. Beyoncé sa na ňu dala pred natáčaním filmu Dreamgirls a zhodila desať kíl. Ak diétu nepoznáte, tak vám vysvetlím, ako funguje. Nesmiete nič jesť, môžete iba piť špeciálny kokteil, maximálne dvadsať dvojdecových pohárov denne. Kokteil je mixom vody, citrónovej šťavy, javorového sirupu, postrúhaného zázvoru a kajenského korenia. Znie dosť nechutne...

Veronica bola presvedčená, že tiež zhodí desať kíl a prikázala mi zameniť šaty, ktoré som jej vybral vo veľkosti 18 za veľkosť 14. S diétou sa jej celkom darilo a držala ju prísne posledných deväť dní.

Cesty medzi Veroniciným domom a divadlom Kodak, kde sa Oscary udeľujú, boli zablokované, tak miesto štverania sa v oscarových šatách cez zátarasy sa rozhodla, že sa na odovzdávanie nachystá v dome známeho v Bel Air.

Dom patril Harveymu Moonovi, najväčšiemu americkému televíznemu producentovi a scenáristovi, a jeho partnerovi Edgarovi. Mal som pocit, že sa Veronica viacej priatelila s Edgarom ako Harveym. Edgara spoznala na charitatívnej akcii mačacieho útulku. Mala tým prístup k Harveymu.

Bol to ten najluxusnejší, najveľkolepejší dom, aký som kedy videl! A to som videl riadne pecky za posledných pár mesiacov.

„Je mi to ľúto, ale Harvey nie je doma," spomalene povedal Edgar pri otváraní šesťmetrových dverí, „je na jebačke s nejakým prostitútom," skoro mi zaskočila mentoska, Kevin sa uškrnul a Veronica ho odignorovala. Povedal to tak, akoby si Harvey odskočil do knižnice.

Edgar mal okolo päťdesiatpäť rokov, bol veľmi bledý a vlasy mal blonďavo-ryšavé, nie som si istý, čo to bola za farba. Vyzeral trochu pedofilne, nechcel by som ho stretnúť v noci v tmavej ulici. Mal som ten dojem, že bol Harveyho domácou puťkou a visel mu na krku, ale asi by to Harvymu nedaroval, keby ho opustil, tak mu aspoň dovolil sexovať kade-tade. Na fotkách vystavených v chodbe som videl, že Edgar pred tridsiatimi rokmi nevyzeral až tak zle, ale aj na nich mal ten pedofilný výraz.

Harvey vyprodukoval množstvo úspešných televíznych šou. Práca v americkej televízii je neskutočne fantasticky platená a jeho seriály sa skvele predávali po celom svete.

Veronica mi povedala, že Harvey má majetok v hodnote dvesto miliónov dolárov (takmer šesť biliónov slovenských korún). Ešte dnes mi z toho stojí rozum!

Po stenách boli povešané drahé obrazy a umelecké diela.

Edgar nás previedol domom a ukázal nám dvoch Picassov. Prvý obraz od Picassa mal hodnotu milión dolárov a za druhý dal Harvey štyri milióny dolárov!

Myšlienkami som sa presunul do môjho a Robiho prvého bytíka v Londýne, bol malý, ale perfektný. Strávili sme niekoľko hodín rozhodovaním, či si môžeme dovoliť kúpiť veľké zrkadlo do obývačky na stenu.

Zrkadlo stálo dvesto eur!

Edgar nás zaviedol do baru v zadnej časti domu. Bar bol umením samým o sebe. Celá stena s výhľadom na L. A. a podlaha boli kompletne zo skla a vypínali sa nad strmým kopcom. Mal som pocit, akoby som bol vo vzduchu a lietal.

„Fuj," vydýchla si Veronica, „je mi na grcanie."

Kevin si dal rýchlo dole bejzbalovú šiltovku a podal ju Veronice, nech sa do nej vyvracia.

„Nedávaj mi ju," odpálila mu ju späť, „myslím, že sa mi len krúti hlava."

„Dáš si ešte Beyoncé džús?" Kevin dával dole vrchnák z termosky zapásanej za opaskom.

„Nechcem. Je mi zle len z pomyslenia na to, že sa ti ohrieval v rozkroku," trochu ju naplo, „nejedla som nič desať dní."

„Poviem nášmu kuchárovi Yingovi, nech ti uvarí niečo ľahké pred Oscarmi?" ponúkol jej Edgar.

Keď sme vychádzali z baru, všimol som si v stene zabudovanú policu, na ktorej sa lesklo množstvo ocenení Emmy, Zlatých glóbusov...

Prešli sme do megakuchyne. Celá bola snehovo biela ako laboratórium a dokázala by obslúžiť veľkú reštiku. Na jednej strane boli veľké mraziarenské boxy ako v supermarkete, na druhej boli sporáky, kuchynské drezy a zavesené súpravy medených panvíc. V strede bol mramorový ostrovček, veľký ako kamión.

Ying, malinký milý Kórejčan v čisto bielom kuchárskom outfite aj s čiapkou, sa usmial a podal nám menu.

„Je to moje bezkalorické oscarové menu," povedal hrdo.

„Mali sme tu včera Kim Catrall," povedal Edgar, „napchala sa bezmaslovou, naparenou omeletou z biobielkov, dochutenou rybacím bujónom."

Veronica sa hrabala v chladničke a našla v sklenej mise džemové palacinky.

„Bože," špárala sa v nich a odtrhávala rukami veľké kusy, „Ying, sú skvelé!"

„To sú pre záhradníkov," ospravedlňoval sa Ying.

„Óóó, Bože, ááááno, to je onoooo," mľaskala Veronica a vzdychala nekontrolovateľne plnými ústami. Dala si sekundovú pauzu, počas ktorej si nastriekala do úst šľahačku.

Kevin znervóznel a otvoril termosku: „Veronica, skvele si sa držala, nepokaz si to teraz, podával jej termosku."

„Len si trochu vysteliem žalúdok, aby som neodpadla."

Ying jej podal vidličku. Veronica si utrela džemové prsty o Kevinovo tričko z Hviezdnych vojen.

„Toto je vintage," povedal Kevin smutne. Jeho R2-D2 bol natretý džemom.

Veronica ho nepočúvala, bola v palacinkovej extáze.

Pozrel som na hodiny, bolo 9.45.

Celý deň bol naplánovaný presne na sekundu ako vojnový útok. Limuzína nás vyzdvihne o 13.30. Každá zo stoviek limuzín má svoj presný čas na príchod k červenému koberecu, vyloženie nominovaných hercov a celebrít, ktoré sa prejdú a zapózujú pred televíznymi kamerami a paparazzmi z celého sveta pred vstupom do divadla Kodak.

Veronica mala zabookovaného Deana na vizáž a vlasy na desiatu hodinu. Mal na ňu iba tridsať minút, keďže ho chcel celý Hollywood.

Poprosil som Edgara, aby mi ukázal, kde majú najbližší záchod. Zaviedol ma do kúpeľne blízko hlavného vchodu. Vedľa záchodových dverí visel obraz, ktorý som veľmi dobre poznal, boli to Campbell's polievkové konzervy od Andyho Warhola. Edgar sa pochválil, že obraz je, samozrejme, originál a Harvey zaň vysolil jedenásť milónov dolárov.

Mal som chuť hodiť si ho pod pazuchu a utekať. Ani by si nevšimli, že im zmizol, bol predsa „len" pri záchode, ja si ho zavesím minimálne do kuchyne.

Vošiel som do tmavej kúpeľne a hľadal vypínač. Všimol som si osvetlený panel s vypínačmi, ktoré mali názvy čas raňajok, čas obeda a večerní hostia.

Stlačil som čas raňajok, keďže bolo ráno a v kuchyni sa Veronica napchávala raňajkami.

Silné svetlá pomaly rozsvietili miestnosť a vtáčí spev začal znieť z každého kúta. Kúpeľňa bola vytesaná do obrovitánskeho tmavého balvana a ja som stál v jeho strede. Po skalnatej stene sa spúšťal vodopád a mizol v podlahe. Stál som tam ako Alica v krajine zázrakov.

Záchod bol v rohu a chvalabohu vyzeral normálne. Keď som podišiel bližšie, skoro som vyskočil z kože. Poklop sa zdvihol malými robotickými pohybmi. Opatrne som pozrel dnu. Našťastie, misa aj voda v nej vyzerali obyčajne.

Keď som chcel spláchnuť, všimol som si záchodový panel s gombíkmi, ktorý mi dával na výber: predné očistenie, zadné očistenie, horúce fúkanie, vlažné fúkanie, vyhrievanie dekla a dezodorant.

V tej chvíli mi bolo ľúto, že som nepotreboval väčšiu potrebu...

Vrátil som sa do kuchyne, kde Veronica ziapala do mobilu. Kevin do seba tlačil bezkalorickú omeletu, ktorá vyzerala ako protišmyková rohož do sprchy, čo používajú starí ľudia.

Veronica ukončila hovor s úsmevom a zložila.

„Nechce sa mi tomu veriť. Ten skurvený Donald! Je to riadny kokot.“

„Čo sa stalo?“ opýtal som sa.

„Dnes ráno ho urobili členom *The Academy of motion pictures*.“

„To sa mu podarilo rýchlo,“ bol som za neho vytešený.

„Áno, rýchlo, veľmi rýchlo, teraz ma už nepotrebuje, aby sa dostal na Oscarov, má svoju pozvánku a berie so sebou tú skurvenú brazílsku štetku. Kurva!“ Začala sarkasticky napodobňovať Alberta ako starú rozmaznanú paničku s prekríženými očami. Tak ako vždy, keď ho spomenula.

„Nemám teraz s kým ísť. Znovu!“

„Pomohol by som ti, ale idem tam s Harveym,“ ospravedlňoval sa Edgar.

Kevin odišiel do auta a vrátil sa so smokingom, na ktorom ešte visela ceduľka z obchodu.

„Kúpil som ho pre prípad, keby si zobrala mňa,“ povedal vzrušene.

Veronica sa zaksichtila a znechutene nadvihla obočie.

„Je to fakt dobrý smoking. Stál tisícdvesto dolárov,“ myslel si, že mu to pomôže.

Veronica pozrela na Kevinovu vzrušenú tvár: „Nie!“

„Prečo nie? Už som bol na podobných akciách, viem, ako sa tam mám správať!“

„Vyzerali by sme spolu čudne ako retarďáci,“ odvrkla mu.

„Prosím!“ Kevin nahodil tvár šteňaťa.

„Nie! A neotravuj ma!“ Veronica na neho zahučala dosť drasticky, akoby nemala srdce. Nechcelo sa mi veriť, že Kevin minul toľko peňazí na oscarový smoking, dúfajúc v 0,9-percentnú šancu, že ho Veronica zoberie ako svojho hosťa.

Tisícdvesto dolárov bola jeho mesačná výplata od Veronicy a to pre ňu pracoval šestnásť hodín denne, sedem dní do týždňa.

„Bude tvoj smoking dobrý Janovi?“ opýtala sa ho Veronica. Kevin ma zabil očami.

„Hore v skrini ich máme dosť,“ ponúkol Edgar, „Kevinove gate mu nebudú určite dobré. Ma krátke nohy...“

„A kriplavé!“ povedala Veronica, hltajúca ďalšie palacinky a chichotala sa aj s Edgarom.

„Beriem Jana. Áno?“ neviem, koho sa pýtala, keďže hlavu mala strčenú v tanieri.

Bol som trochu nasraný z celého diania a že sa ma mohla najprv slušne opýtať, len mi oznámila, že idem na odovzdávanie Osacarov. Nuž, ale čo! Idem na Oscarov! Pomyslel som na starý dobrý český film, Co je doma, to se počítá, drahoušku.

Dean sa dostavil o desiatej, ovešaný kufríkmi

s majkapmi. Už dávnejšie poznal Edgara a bol rád v jeho spoločnosti. Zostal však prekvapený, keď zbadal Kevina, akoby videl myš v Gucci topánke.

„Božíček, ty si ten čudák, s ktorým som si zašukal.“

„Poznáme sa?“ Kevin sa prekvapene opýtal.

„Chvalabohu, ani pre mňa to nebolo veľmi pamätné,“ povedal Dean.

Kevin urazene odišiel z izby.

Veronicu sme chystali v jednej z hosťovských izieb. Bavili sme sa o nominovaných hercoch a herečkách.

„Doprial by som Natalie Portman, aby vyhrala. Bola perfektná v Čiernej labuti,“ pridal som sa ku konverzácii.

„Nééé... Neznášam tú sviňu,“ povedala Veronica, „bol to sprostý film a počula som, že v ňom ani netancovala, ale mala dablérku.“

„A čo ho hovoríš na Nicole Kidman?“ opýtal sa Dean.

„Má toľko plastík, že je už hosťom vo vlastnom tele,“ špúlila sa do zrkadla.

„Amy Adams je hrozne *coolová*,“ povedal Dean, dokončujúc očné tiene.

„Tá ujde, pokiaľ máš úchylku na ryšavých trpaslíkov!“ odvrkla Veronica.

Nemala jediného dobrého slovka na žiadnu úspešnú herečku. Vždy mala problém s peknými, talentovanými, štíhlymi kolegyňami a často roznášala o nich klebety. Mohol by som napísať ďalšiu knihu len o Veroniciných „zaručených“ drboch.

Konečne mi dávalo zmysel, prečo sa Veronica obkolpovala len lúzerkami, vždy musela byť hviezdou v ktorejkoľvek miestnosti!

Veronica bola hotová a bol čas na róbu. Vybral som jej vintage od japonského návrhára. Šaty boli fakt božské, krvavočervené s neskutočnými detailmi a veľkým výstrihom...

Krvopotne sme na ňu natiahli sťahovaciu bielizeň a potom si vkročila do šiat nachystaných na zemi.

„Kurňajs, potrebujeme obuvák, aby sme ťa do nich natrepali," Dean hodil sarkastickú pripomienku a ja som sa snažil ťahať zaseknutý zips.

„Aká je to veľkosť?" opýtal sa.

„Štrnásť," odvetil som, kým sa Veronica potila a trepala do šiat, akoby rodila.

„Jedla si?" opýtal sa jej.

„Dala som si pár palaciniek," zaklamala.

„Myslím, že ich bolo viac ako pár!" povedal som a snažil napchať jej sadlo do šiat a odseknúť zips.

„Čo majú palacinky spoločné s Beyoncé diétou? Mala si piť len javorový sirup!" trepol Dean.

„Vy dvaja by ste mali byť na mojej strane," nasrane mykla plecami, „viete, aké je ťažké byť herečkou v Hollywoode!"

Konečne sme ju zazipsovali, ale bolo to ako pchanie zubnej pasty späť do tuby.

„Bože, tlačia ma," odfúkla si, „sú také tesné. Čo mám urobiť? Mám sa nasilu vyvracať?"

„V žiadnom prípade, som na odchode, nemám čas ti prerábať mejkap a vlasy. Mal som byť v Beverly Hills pred desiatimi minútami," povedal Dean na odchode.

Edgar mi požičal krásny smoking a presne o 13.30 sme boli v limuzíne.

Kevin niekam zmizol, ale Veronica si to ani nevšimla alebo ju to nezaujímalo. Koncentrovala sa na dýchanie v šatách.

V limuzíne sme boli vyše dvoch hodín, strčení v rade za množstvom ďalších limuzín. Nebolo sa na čo pozerať. Hollywood Boulevard bol zablokovaný Losangeleskou políciou (LAPD) a obchody zatarasené veľkými červenými záclonami. Pri jednej bariére som zbadal Dereka a Hillaryho v ich známych športových roztrhaných handrách aj so psami, vystávali tam a nadržane pozorovali príchod celebrít. Pred nami bola limuzína s Meryl Streep. Hillary bol v siedmom nebi.

Otvoril som okno a zakýval im: „Nazdar, chalani!" usmial som sa.

Derek mi kŕčovito odkýval a Hillaryho skoro trafilo: „Prestaň, Derek!" rozčúlene sa otočil a potiahol za sebou Ginger, ktorá bola vytešená, že ma videla.

Veronica začala panikáriť. Palacinky v jej žalúdku ju začali hrozne nafukovať a šaty boli tesnejšie a tesnejšie.

Hneď som si spomenul na Beano!

Našťastie náš šofér, veľmi milý starší černoch, mal pri sebe fľašku Beana, ktoré Veronicu trochu uvoľnilo.

Pred treťou hodinou sme sa prepracovali až k začiatku červeného koberca.

To bola najvzrušujúcejšia časť celého dňa. Červený koberec bol neskutočne široký, došlo mi, že ním bola obložená hlavná šesťprúdová cesta! Chodníky boli prerobené na vyvýšené hľadisko, kde si ľudia museli kúpiť lístky, aby nás sledovali, ako sa parádime na koberci.

Vedľa nás pózovala Penélope Cruz s Javierom

Bardemom, bola nádherná! O kúsok ďalej bol Steven Spielberg a Natalie Portman, ktorá prechádzala okolo televíznych kamier. Natalie vyzerala dokonale krásne aj v ôsmom mesiaci tehotenstva.

Otočil som sa a pozrel na Veronicu, vyzerala tehotnejšie ako Natalie (pomyslel som na to, ako znemožnila môj skvelý výber šiat nekontrolovateľnou pažravosťou). Bola niekoľko metrov za mnou a vykyvovala tlieskajúcim divákom.

Bolo čudné, ako som si na ňu zvykol ako na obyčajného človeka, takmer som zabudol, že je filmovou hviezdou.

Presunuli sme sa až k úseku s televíznymi kamerami z celého sveta, kde boli všetky populárne stanice od ABC, BBC, ITV, RTL... až po NBC. V dave kamier som hľadal JOJ-ku, Markízu alebo aspoň Novu s Primou. Bolo by celkom *cool* poslať domov pozdrav z oscarového červeného koberca vo večerných správach. Nemal som však to šťastie.

Keď pozeráte Oscarov v telke, nepočuť, aký je organizovaný chaos na koberci hlučný. S ťažkosťami počujete vlastný hlas, hory ľudí vypiskujú, tlieskajú a vidíte len, ako sú hviezdy hnané svojimi PR ľuďmi od jednej televíznej stanice k druhej.

Veronicu ohlásila k rozhovoru Brandy Summers z ABC news s mikrofónom v ruke.

Stál som vedľa Veronicy mimo televízneho záberu a sánka mi skoro padla na červený koberec, keď som počul, čo hovorila!

Prepisujem vám celý rozhovor, aby ste pochopili, prečo som skoro prišiel o sánku:

BRANDY SUMMERS: Máme tu Veronicu Madison. Hi.

(dávajú si vzdušný bozk)

VERONICA MADISON: Hi, Brandy, vyzeráš skvele.

BRANDY SUMMERS: Ďakujem. Aj ty vyzeráš... dobre. Máš ohromujúce šaty.

VERONICA MADISON: Sú vintage. Našla som si ich v Japonsku.

(Sviňa klamárska, pomyslel som si.)

BRANDY SUMMERS: Fakt sú nádherné. Veronica, povedz mi, čo robíš pre to, aby si bola v takejto skvelej forme?

(Všetci sme vedeli, že sú to vtieracke sračky.)

VERONICA MADISON: Stravujem sa senzibilne.

(Pred dvomi hodinami som ju videl doslova zožrať štrnásť palaciniek za päť minút.)

VERONICA MADISON: A taktiež dosť cvičím.

(Jasnačka, jediné cviky, aké robí, sú na biceps s fľaškou šľahačky, keď si ju strieka priamo do úst!)

BRANDY SUMMERS: Vidieť na tebe, že čokoľvek robíš pre svoju postavu... hm... funguje to. Kto myslíš, že dnes večer vyhrá Oscara za najlepší ženský herecký výkon?

VERONICA MADISON: Musí to byť Natalie Portman za Black Swan. Postavu zahrala s neskutočnou eleganciou a balet zatancovala fenomenálne. Musím však povedať, všetky nominované herečky sú úžasné a zahrali svoje postavy senzačne.

BRANDY SUMMERS: Absolútne s tebou súhlasím. Počula som, že si sa upísala do American Muffin 4? Musí to byť vzrušujúce vrátiť sa tam, kde sa tvoja sláva začala.

VERONICA MADISON: Áno, je to vzrušujúce. Scenár je perfektne napísaný, takže som nemala nad čím rozmýšľať.

(Fešák herec, prerušil Veronicino interview, pobozkal ju na líce, vyplazil jazyk a zmizol.)

BRANDY SUMMERS: Wow, bozk od Jamesa Baileyho!

VERONICA MADISON: (Vzrušene sa uškŕňala.) Milujem Jamesa Baileyho! V decembri sme spolu dotočili film Katastrofa 5.

BRANDY SUMMERS: Bola si spokojná s komickou postavou, ktorú si hrala v Katastrofe 5?

VERONICA MADISON: Áno. Scenár bol veľmi vtipný a s Jamesom sa pracovalo skvele, je to naozaj úžasný človek!

(James Bailey je ten chlapík, o ktorom každému rozpráva, že ju znásilnil na filmovačke vo Vancouvri!)

BRANDY SUMMERS: Neviem sa dočkať vášho nového filmu. Nemôžem si ťa tu držať samu pre seba, Veronica, choď a uži si Oscarov.

VERONICA MADISON: Ďakujem!

Na konci červeného koberca sme vošli do veľkej miestnosti s barom. Kathy, vizážistka, nás zbadala a prišla za nami, mala oblečenú dlhú čiernu róbu a staré známe popolníkové okuliare.

„Hej," pobozkala nás oboch na líca, „práve som videla Jamesa Franca v obleku. Vyzeral chutne!!"

„Ježišmária, hneď by som si to s ním rozdala!" zavtipkovala Veronica. James vyzeral fakt dosť dobre v ten večer!

„Kde je Donald?" opýtala sa Veronica.

„Hore, v miestnosti pre nominovaných," Kathy ukazovala smerom nahor.

„Už mu asi nie sme dobrí," zasyčala Veronica.

V miestnosti s barom sme museli vyčkávať ešte asi hodinu, bola sranda. Stretol som Deana, ktorý prišiel ako hosť Kathy. Predstavil ma svojej známej kostymérke a povedal jej, aký som neskutočne talentovaný stylista. Trochu som si s ňou pokecal a ona mi dala svoju vizitku.

Veronica strávila celý čas konverzáciou s režisérom, ktorý jej predstavil skvelý film, v ktorom chcel, aby hrala. Všetko bolo na najlepšej ceste, pokiaľ neprišla Kathy.

„Veronica," Kathy drzo prerušila režiséra, „ak chceš pojebať Jamesa Franca, môžem ťa dostať do jeho šatne. Mám tu kamoša ochrankára, ktorý ťa k nemu dostane."

Režisér zostal znechutený a ospravedlnil sa, že musí niekam ísť.

Veronica naštvane odfičala ako víchrica.

„Čo také som povedala?" opýtala sa Kathy nechápavo.

Miestnosť sa začala vyprázdňovať, ľudia sa presúvali do sály. Vyše pol hodiny som nemohol nájsť Veronicu.

Keď bola miestnosť takmer prázdna, na plece ma potľapkal mladý steward. Zaviedol ma do záchodu pre invalidov, v ktorom bola Veronica.

„Zavri dvere," zasyčala

„Čo sa deje?" zavrel som dvere.

Otočila sa, šaty mala rozpárané od krku až po zadok, ktorý jej trčal von a taktiež jej vytŕčala dokrčená sťahovacia bielizeň.

„Vyvolávala som ti!" zahučala. „Čo si nezdvíhal ten skurvený mobil?"

Začal som hľadať mobil. Došlo mi, že som ho nechal v džínsoch v Bel Air.

„Kto nenosí so sebou mobil?" kričala. „Ty kokotský idiot!"

„Kto zje toľko palaciniek ako ty? Krava! Ty si idiot!" tak ma vytočila, že som sa nedokázal kontrolovať a zakričal som na ňu späť.

Ticho.

Uvedomil som si, čo som povedal. Pozrela na mňa prekvapene.

„Viem, som idiot," povedala a sadla si na záchod.

V tejto chvíli bol každý usadený v sále a celé divadlo bolo uzavreté ochrankármi až do konca ceremónie. Nemali sme ako vypadnúť z buďovy.

Opýtal som sa stewarda, či nás môže dostať von. Povedal, že po nás príde tesne pred koncom Oscarov a pustí nás von ako prvých, aby nemusela Veronica pretŕčať zadok.

„Mal by si si ísť pozrieť ceremóniu," povedala Veronica dúfajúc, že zostanem s ňou. Nenaletel som na jej falošnosť a odišiel som si ju pozrieť.

Naše miesta boli vyššie v sále a šou bola riadnym zážitkom. Bol som rád, že som to celé šialenstvo zažil. Chcel som, aby mala ten zážitok aj Veronica, hlavne aby videla, pri kom sme sedeli. Vedľa klanu jej obľúbených *Kardashian's*!

Tesne pred koncom ceremónie som odišiel zo sály a išiel za Veronicou. V tej chvíli zo záchoda vychádzal ochrankár, ktorý si zapravoval košeľu vzadu do nohavíc. Veronica mala zakalené oči a záchod riadne smrdel od marišky.

Skutočne sa zhulila v ,invalidnom' záchode

s osemnásťročným zajom? Nemal som veľa času na premýšľanie, rýchlo som ju musel prepašovať do limuzíny, zabalenú v mojom smokingu.

Do Edgarovho domu sme sa dostali okolo 22.30, prešvihli sme všetky afterparty. Vyzdvihli sme si svoje veci a Veronica ma hodila domov v svojom Porsche.

„Ďakujem, Jan," odchádzal som, keď ma ohlásila, „kde je Kevin?"

„Neviem. Dobrú noc."

V apartmáne som si pohľadal mobil, bol vybitý. Hodil som ho na nabíjačku a unavený zaľahol do postele.

Na druhé ráno som sa zobudil neskoro. Zapol som mobil. TRIDSAŤ správ z odkazovej schránky sa mi prevalcovalo na displej. Hrozne som bol zvedavý, aké nasrané odkazy mi prišli z „oscarového" záchoda od Veronicy, keď sa mi nemohla dovolať, stlačil som počúvanie schránky.

Zostal som stáť ako obarený. Zaznel Robiho hlas!

Bol v Los Angeles! Priletel len na jediný deň, na kasting do filmu.

V utorok musel byť naspäť v Londýne kvôli predstaveniu v divadle.

Bol som neskutočne vytešený, potom mi došlo, že odkazy boli zo včerajška.

V novších odkazoch mu úplne odišiel hlas, myslel si, že ho ignorujem. Posledný odkaz mi nechal pred dvomi hodinami z LAX letiska.

Vytočil som jeho číslo. Keď zdvihol, hlas sa mi chvel pri vysvetľovaní, prečo som nezdvíhal jeho hovory.

„Letí mi to čoskoro," povedal zdrvene.

„Môžem tam byť o tridsať minút," držal som si mobil medzi plecom a lícom a naťahoval na seba nohavice.

„Nie. Som už v lietadle. Za chvíľu sa začneme pohýňať."

„Môžeš aspoň hovoriť minútu. Hrozne som rád, že počujem tvoj hlas."

„Musím ísť, Janny. Prepáč. Steward stojí nado mnou a káže mi vypnúť mobil."

Robi bol minimálne taký nešťastný ako ja.

„Ľúbim ťa!" povedal uplakane.

„Aj ja ťa ľúbim! Veľmi!" povedal som už do hluchého mobilu.

Nikdy v živote som nebol nasraný tak moc ako teraz.

Pre tú skurvenú arogantnú kravu Veronice Madison som sa nestretol so svojou životnou láskou Robim!

UZEMNENÝ

Hovor s Robim bol veľmi krátky, ale zanechal moju myseľ v totálnom chaose. Nemohol som prestať rozmýšľať. Čo ak mu vyjde kasting a dostane rolu? Bude natáčať v Los Angeles? Mohli by sme spolu bývať. Ale počkať, veď Saša hovorila, že má niekoho v Londýne?

Toľko otázok mi behalo hlavou... Mal som dvanásť hodín na odpovede, kým Robi doletí do Londýna. Jediné, čo som vedel naisto, bolo, že som chcel s ním byť, akokoľvek to bude ťažké.

Upratal som si apartmán a všimol si, ako pateticky žijem ako slobodný chalan. Nekvalitná strava, prázdne nádoby od polotovarov prepĺňali vrece na smeti.

Zazvonil mi mobil, keď som sa vrátil zvonku od smetného koša, bol to Kevin.

„Hi, Ján, poslal som ti e-mail s detailmi natáčania American Muffin, je tam celý program. Auto na letisko ťa vyzdvihne zajtra o ôsmej ráno."

„Ďakujem."

„No a hovor, s kým to Veronica šukala na Oscaroch?"

„Prosím?"

„V kabelke mala štyri kondómy pred Oscarmi, dva jej chýbajú," povedal detektív Kevin.

„A to vieš ako?" opýtal som sa.

„Balím jej tašky na filmovačku. Hej, bol to steward alebo čašník? Alebo šatniar?" vyzvedal.

„Som si istý, že si to zistíš, Kevin. Mňa na to nepotrebuješ, ty sa jej hrabeš vo veciach. Musím ísť," zrušil som ho.

Nevedel som, čo si o tom myslieť. Mám to povedať Veronice? Určite jej oňuchává aj nohavičky, slizák. Oseriem ich všetkých, behajú mi po rozume dôležitejšie veci.

Robi zavolal cez skype, keď doletel do Anglicka, hovorili sme spolu tri hodiny.

Chlapík, s ktorým ho Saša videla, bol jeho nový herecký agent z United Artists London. Je to jedna z najlepších agentúr. Celý svet mu bol teraz otvorený, mal množstvo ponúk a kastingov vrátane toho v L. A.

Ak tú rolu dostane, bude v Los Angeles štyri mesiace.

Tiež sa mi zdôveril, že začal písať televízny scenár a novelu, chcel by preraziť ako scenárista a spisovateľ.

Sľúbil, že sa mi ozve zajtra a pohovoríme si trochu viac.

Na druhý deň som odletel do Miami na filmovanie. Veronica ako hviezda letela v prvej triede a ja s Kevinom sme boli booknutí do economy class, kde som ho sledoval, ako sa opíja a vychvaľuje starej babke sediacej vedľa neho, že je osobným asistentom Veronicy Madison.

Po polhodinke mu babička povedala: „Zlatúšik, to je milé, ale nemám šajnu, kto je Veronica Domison." Smial som sa z plného hrdla. Kevin na mňa zazrel ako zabijak a objednal si ďalšiu vodku.

Letuška k nám prišla v polovici štvorhodinového letu a povedala mi, že ma Veronica pozýva k sebe do prvej triedy.

Kevin sa odpásal.

„Pozvanie platí iba pre Mister Bryndza," letuška ho zapásala naspäť.

„Ja som jej asistent!" pokrčil plecami Kevin, opilecky sa opäť snažil odpásať.

„Pane, vy sa nikam nechystajte, slečna Madison chce iba vášho priateľa Mister Bryndza," povedala s istotou v hlase.

Vstal som a nechal Kevina variť sa vo vlastnej šťave.

Prvá trieda bola oveľa priestrannejšia a každý pasažier mal extra miesto pre hosťa. Našiel som Veronicu zahalenú v maske na spanie, obklopenú papierikmi od cukríkov a prázdnymi minifľaškami od červeného vína. Zhodil som jej topánky a vytrhané príčesky z vedľajšej sedačky a sadol si.

„Hi," snažil som sa upozorniť na seba.

Zosunula si masku.

„Prečo si povedal Kevinovi, že som pojebala ochrankára na Oscaroch?"

Prekvapene som na ňu pozrel.

„Umm... Ja som mu nič nevravel."

„On mi povedal niečo iné."

„Čo ti teda povedal?"

„Nechcem, aby si ma donútil urobiť niečo, čo by si potom ľutoval."

Zazrel som na ňu: „Veronica, Kevin mi volal s detailmi filmovačky a začal hovoriť o...“

„O čom?“ opýtala sa násilne.

„Hovoril, že ti počítal kondómy v kabelke a dva ti po Oscaroch chýbali.“

„To nič neznamená! Ako mohol vedieť, že to bol ochrankár, čo ma vyšukal?“

Rýchlo som si v hlave prebehol konverzáciu, ktorú som mal s Kevinom. Čo som mu povedal? Nič. Som si tým istý.

„Veronica, spovedáš nesprávneho človeka.“

„Prečo sa tak brániš?“ opýtala sa podozrievavo. „Bol si tam iba ty a ja a ja som o to nikomu nehovorila.“

„Ako to myslíš, že iba ja a ty? Celý Hollywood tam bol, fotografi, novinári z celého sveta. Ja nie som ten, čo to povedal Kevinovi. Ani neviem, či je pravda, čo povedal!“

„Pozri, Jan. Pracuješ pre mňa a potrebujem vedieť, že ti môžem dôverovať so súkromnými vecami.“

„Veronica, za posledné mesiace som videl a počul množstvo zaujímavých vecí. Nikomu som nič nepovedal. Pokojne som s nimi mohol ísť do novín. Ale nešiel som.“

Vypleštila na mňa oči.

„Chcem, aby si toto podpísal,“ podala mi papier.

„Je to zmluva o mlčanlivosti, prečítaj si ju a podpíš.“

„Podpisuje ju aj Kevin?“ opýtal som sa nahnevane.

„O Kevina sa nestaraj!“

Bol som nahnevaný na ňu, na to, aká bola neférová a paranoidná a taktiež na Kevina, aký bol skorumpovaný. Bál som sa však, že ak poviem ešte niečo, tak si tým vykopem vlastný hrob.

Vrátil som sa späť na svoje miesto. Kevin hlboko spal v ešte hlbšej opitosti.

Pomyslel som si, aká veľká špinavá sviňa je, ale aspoň viem, na čom s ním som.

Po pristátí v Miami nás vyzdvihla limuzína a odviezla k hotelu. Nebol veľmi ďaleko. Kevin cestu prespal a Veronica sa so mnou pokúšala nadviazať nejakú konverzáciu. Sral som na ňu. Obdivoval som cez okno krásne pláže plné šťastných ľudí, ktorí si užívali život na vlnách, na piesku... A ja som bol uväznený v luxusnej pasci menom MADISON.

Keď sme dorazili do krásneho hotela Miami Hilton, privítal nás vytešený recepčný. Bol nadržaný z Veronicy a ako pozornosť hotela jej dal luxusný apartmán s nádherným výhľadom na oceán na tridsiatom deviatom poschodí a dve obyčko izby na treťom a siedmom poschodí.

„Kevin, tu máš," podávala mu kartový kľúč od jej apartmánu, „chcem, aby si mal tú skvelú izbu ty."

„Naozaj? Myslíš to vážne?" vytrhol jej kľúč z ruky a s vypleštenými očami sa rozbehol aj s kufrom k výťahu.

„To bolo od teba veľmi milé!?" so zaťatými zubami som sa snažil skrývať, ako ma to nasralo.

„Nemysli si, že som až taká milá," povedala Veronica so škodoradostným výrazom, „ak by horelo, vonkajšie núdzové schodisko sa končí na siedmom poschodí."

Po ubytovaní bola našou prvou zastávkou *chat show* The Skip Greenbridge Show. V telke bežala poobede a Veronica v nej dávala rozhovor o nadchádzajúcej filmovačke American Muffin 4. Bol to celkom fajn zážitok. Moderátor sa volal Skip a bol fešný a veľmi sa snažil o to, aby nikto nevedel, že je gay. Bol obľúbencom domácich paničiek. Skip miloval Veronicu a správal sa k nej ako ku kráľovnej.

Na začiatku šou ukázali na veľkej obrazovke klipy z Veroniciných filmov a potom Veronica vyšla na pódium, aby s ňou Skip urobil interview.

Stál som v zákulisí a pozeral klipy z Americkan Muffin 1, 2, 3 a Blonďavé právničky 1 a 2 a premýšľal nad tým, že by sa človek nikdy nemal stretnúť so známymi ľuďmi, ktorých obdivuje.

Vždy vás sklamú.

Posledná časť *chat show* sa volala Adoptuj si miláčika a diváci si v nej mohli adoptovať psa z útulku.

Veronica predstavila psy v postave Minnie Muffin a prešla sa s nimi okolo štúdia. Bola veľmi komická, hlavne keď jej malý čierny psík Mikey začal oňuchávať prsia.

„Mikey!" vyšpúlila ústa a prsia. „Ešte nás ani nepredstavili." Ľudia v hľadisku išli puknúť od smiechu.

Po programe prišlo po mňa auto, ktoré ma zobralo na stretnutie produkčného tímu. Veronica zostala v štúdiu na fotenie s divákmi.

Povedala mi, aby som so sebou zobral Kevina. Bola na neho riadne napálená, lebo dal na twitter fotku z lietadla, kde spala s otvorenými ústami a zo šiat jej vykúkala bradavka.

Stretnutie produkcie bolo skvelým zážitkom a pomohlo mi zabudnúť na všetky „srákoty", ktoré sa odohrávali okolo Veronicy. Stretnutie bolo v štúdiu, kde dokončovali kulisy na zajtrajšie natáčanie.

Na jednom rohu bola postavená reštaurácia v životnej veľkosti a ulica, ktorá bola zasnežená. Vyzerala naozaj skutočne. Ani by ste nevedeli, že to nebola skutočná ulica a sneh, keby sa za rohom úplne neskončila a bol tam len betónový kváder a robotník v kraťasoch a tričku.

Stôl, okolo ktorého sme preberali filmovanie, sme mali umiestnený v rohu štúdia, a stretnutia produkcie boli naplánované aj na nadchádzajúce dni. Zapájať som sa veľmi nemusel, skôr ma tam chceli len na to, aby som bol v obraze a potom nepanikáril počas filmovania.

Kevin odišiel do Veronicinej šatne zorganizovať jej veci (alebo skôr sa v nich pohrabať).

Scény v reštaurácii a na ulici sa išli točiť v nadchádzajúcich dňoch.

Veronicu potrebovali na pľaci zajtra do krátkej scénky, v ktorej sa štverá cez záchodové okno, špehuje svojho syna s novou frajerkou a v okne sa zasekne!

Po produkčnom stretnutí som sa stretol s Veronicou na skúške kostýmov. Skip Greenbridge Show si užila, tak bola v dobrej nálade aj na skúške, ktorá vďaka tomu prešla ako blesk. Všetky tri kostýmy sme vyskúšali a poznačili, čo kde stiahnuť alebo (väčšinou) rozšíriť za dve hodiny.

Veronica sa zbavovala Kevina tým, že ho posielala po kávy, aj keď sme ich nestíhali piť.

Po kostymérskej skúške sme šli dole do garáže. Prenajala auto, aby sme si cez voľno mohli pobehať po slnečnom Miami.

Horúčava nás prepleskla v momente, ako sme vyšli z výťahu. Podzemná garáž bola dusivo horúca.

Veronica bola zrazu ako na ihlách a utekala odomknúť čierny Volkswagen.

Keď sme ju dobehli, bola zahľadená na sedadlo spolujazdca.

Malý čierny psík zo Skipovej *chat show* ležal mŕtvy v priestore pre nohy spolujazdcovho sedadla. Nechutný zápach smrti prechádzal všade navôkol. Stáli sme tam šokovaní niekoľko minút. Zohol som sa k psíkovi a pohladil ho. Jeho srsť bola horúca. Mikey sa v aute uvaril.

„Prečo si ho nezobral von?" zajačala Veronica na Kevina.

„Čo?" zostal prekvapený.

„Vravela som ti to a poslala ťa trikrát po kávu. Ako si nemohol vidieť toho skurveného psa?"

Kevin ozelenel.

„Do Starbucksu som išiel pešo, je oproti cez cestu. Ako som mal vedieť, že máš psa?"

„Čo trepeš? Nie je mojou prácou, aby som ti hovorila všetko. Ja zarábam tie skurvené prachy a dávam ti prácu... Prečo si myslíš, že som ti dala kľúče od auta?"

Kevin mal slzy v očiach.

„Povedala som ti, aby si vyvenčil psa!"

„Nepovedala!"

„Povedala. Pil si a kvôli tebe je pes mŕtvy," kričala Veronica, „dala by som mu dobrý domov." Začala plakať a zabalila psíka do svojho svetra.

Bolo mi na vracanie, na vracanie kvôli psíkovi a na vracanie z toho, že som bol zapletený s týmito dvomi hroznými ľuďmi.

Povedala Veronica Kevinovi, že mala psa? Nepočul som ju spomínať psíka pred nikým. Bol veľmi rušný deň, lietal som po štúdiách a poväčšine pracoval s kostymérkou. Nebol som pri nich celý čas, ale prečo psíka nespomenula ani mne? Bol som v štúdiu *chat show*, skúšal som s ňou kostýmy a nevyšlo z nej o ňom ani slovko.

„Odkiaľ si mala psa?" opýtal som sa jej.

„Nikto si ho zo šou neadoptoval. Nechcela som, aby išiel späť do útulku... Čo budeme robiť?" Veronica na mňa pozerala cez slzy.

Bol som totálne stŕpnutý. Nevedel som, koho mám viniť. Obidvaja sú psychicky narušení a paranoidní kreténi.

Pozrel som na psíka, slzy mi tiekli prúdom, srdce mi prestávalo byť. Horúčava a smrad ma napínali.

„Mali by sme nájsť psie krematórium," povedal som.

Väčšiu časť prvého večera v Miami sme strávili v aute a hľadali veterinára. Bolo to celé veľmi smutné. Sedel som vzadu s mŕtvym telíčkom. Po dverách bolo veľa škrabancov. Muselo to byť brutálne, brutálna smrť...

Myslím, že obaja chceli odo mňa počuť niečo také, ako nie je to tvoja chyba alebo bola to nehoda...

Nepovedal som im ani slovo, ticho im prerážalo do kostí.

Do hotela sme sa vrátili o desiatej večer. Nechcel som ich vidieť a ani s nimi hovoriť. Bolo mi z nich špatne. Odišiel som do svojej izby.

V tú noc som sa veľmi nevyspal. Nemohol som prestať rozmýšľať o psíkovi. Jeho malá tvárička bola pripálená k mojim myšlienkam.

Zajtra sa začína filmovanie American Muffin 4 s Veronicou Madison. Deň, na ktorý som čakal tak dlho. Premýšľal som, či to stálo za to... Je toto život, aký chcem žiť?

Prvý deň filmovania bol dosť neatraktívny. Vstávali sme

o štvrtej ráno v tme. Nikomu nebolo veľmi do reči. Veronica a Kevin mali šiltovky a tmavé slnečné okuliare.

Bol som rád, že nás vyzdvihlo auto zo štúdia a nemuseli sme ísť v aute so škrbancami a vôňou smrti. Do štúdia sme dorazili o 4.45.

Ostatní herci boli už na pľaci. Sexi baby a chalani boli vďaka svojim osobným trénerom v skvelej kondičke. Baby štíhle a chalani s vymakanými telami.

Keď ich Veronica pozdravila, došlo jej, že ona sa na filmovanie nechystala vôbec. Myslela si, že jej prítomnosť stačí.

Odišli sme do kostymérne, kde Veronica začala ziapať po kostymérke, že jej zúžila v noci šaty. Ani sa ich nedotkla, chudera, ale zostala vyplašená.

V tom najhoršom vošiel dnu vzrušený Kevin.

„Režisér mi ponúkol úlohu vo filme! Potrebujú extra chalana do reštauračnej scény. Budem aj hovoriť, dal mi jednu vetu!“

„Nie,“ zrušila ho Veronica.

„Prosím?“ ohradil sa Kevin.

„Nie! Pracuješ pre mňa.“

„Veronica, prosím ťa. Môžem tým získať posledné potrebné body, aby som sa mohol stať plným členom hereckej únie. Budem mať vďaka tomu aj zdravotné poistenie, ktoré si nemôžem inak dovoliť.“

„Nie! Potrebujem ťa tu pri sebe.“

„O. K. Tak dávam výpoveď!“

Veronica sa z hlboka nadýchla...

„V tom prípade sa postarám o to, že si v Hollywoode už ani nepípneš!“

„To nie je fér, Veronica,“ povedal Kevin ustráchane.

„Čo nie je fér?“ vyrútila sa na neho. „Si tu vďaka mne, dostneš lepšiu ponuku a dáš výpoveď. Čo trepeš o férovosti?“

Niekto zaklopal na dvere a zavolal Veronicu na pľac.

„Tá kurva!“ zahučal Kevin. „Vieš, ako dlho som čakal v Hollywoode na túto šancu?“ ukázal mi scenár. Postavu, ktorú mal hrať bol MUŽ 4 a veta z dialógu nasledovná: „Dám si špagety.“

To je hrozne smutné, pomyslel som si. Kevin strávil dvadsať rokov v Hollywoode a toto bola najlepšia vec, aká sa mu tam za celý čas prihodila.

„Idem za režisérom. Ja si tu skurvenú postavu zahrám!“

Kevina som po zvyšok rána nevidel.

Veronicina krátka scéna bola dofilmovaná pred obedom. Po ceste späť do hotela bola ešte riadne rozzúrená na Kevina: „V mojom filme si nezahrá! Rozprávala som sa s režisérom.“

Mal som hrozné nutkanie otvoriť dvere na aute a vyhodiť tú suku von počas jazdy.

Dostavili sme sa do hotela a Veronica si to namierila do svojej izby: „Stretneme sa o hodinu na terase. Potrebujem tvoju pomoc s rozhovorom.“

„O. K.,“ odišiel som do svojej izby, ustarostený.

Osprchoval som sa a skontroloval mobil, Robi mi nechal odkaz:

CHÝBAŠ MI! X X X

Odpísal som mu, že mi chýba viacej ako kedykoľvek

predtým a že mu zavolám neskôr. Zobral som zmluvu o mlčanlivosti, nepodpísanú, a šiel som dolu do vestibulu. Vyšiel som z výťahu a zbadal Kevina rútiaceho sa mojím smerom. Bol biely ako stena.

„Si v poriadku?" opýtal som sa ho. Odignoroval ma a vstúpil do výťahu.

Vyšiel som na terasu kaviarne, bolo veľmi horúco a slnko udieralo do očí. Vonku sedelo len zopár hostí.

Veronica na mňa už čakala. V ruke mala pohár červeného vína. Bola prezlečená, ale nechala si na sebe mejkap z filmovania, v ktorom vyzerala dosť dobre.

„Hej," usmiala sa. Nebola ani trošku znepokojená smrťou psa, ani tým, ako sa zachovala ku Kevinovi. Jediné, čo bolo pre ňu dôležité, bolo to, že rozosmiala celý tím na filmovačke počas svojej scény.

Sadol som si na stoličku vedľa nej.

„Neobsluhujú pri stoloch, musíš si objednať v bare. Daj si, čo chceš."

Zašiel som k baru a objednal si dvojitú vodku.

Po ceste späť k stolu som videl Veronicu prilepenú k svojmu iPhonu. Roh obrusu na našom stole vial vo vánku.

Počul som zvláštny zvuk, niečo ako slabé vytie. Zvuk zosilňoval a zrazu niečo veľké padlo zhora. Padlo to na moju prázdnu stoličku. Naskočili mi zimomriavky z hrozného dunivého, škrípajúceho zvuku. Dopadlo to takou silou, že to prevrátilo stôl ako mincu, príbory a poháre sa rozleteli po celej terase.

Všetko sa mi pred očami spomalilo. Veronica vo svojej stoličke pokojne pozrela na podlahu. Šaty mala postriekané krvou. Žena pri vedľajšom stole mala krv na tvári.

Prešiel som okolo stola, v ušiach mi zvonilo a srdce mi išlo vyskočiť z hrude. Na vykachličkovanej podlahe ležalo roztreštené telo.

Kevin vyskočil z tridsiateho deviateho poschodia.

Utekal som na záchod v hotelovom vestibule. Biela podlaha ma oslepovala, rozčapil som dvere na kabínke a nechtiac ovracal misu...

Kevin bol mŕtvy! Ak by som nešiel do baru, ale zostal sedieť na svojej stoličke, pristál by na mne. Bol by som mŕtvy tiež.

A Veronicina reakcia bola...

„Kurva, musím sa zase prezliecť.“

Vyzerala nasrane, akoby jej Kevin pokazil poobedie.

Opláchol som si tvár studenou vodou a vyšiel von. Vestibul sa zapĺňal zvedavými ľuďmi, ktorí sledovali cez okno na terase, čo sa deje. V diaľke sa ozývala siréna.

Išiel som do svojej izby a začal baliť. Chcel som vypadnúť tak rýchlo, ako sa dalo.

O niekoľko minút mi niekto klopal na dvere. Otvoril som. Stála tam prezlečená Veronica.

„Tak tu si! Preboha, terasa je v hroznom stave. Mala som šťastie, že sa Kevin nerozletel po mne... presúvame interview do baru.“ Otáčala sa, že odchádza.

„No ideš, Jan?“

„Prosím?“

„Pýtam sa ťa, či už ideš?“ zazerala na mňa. „No ideš? Čo si taký rozrušený? Veď si ho nenávidel.“

„Vieš čo, Veronica? Ty si riadna suka.“

„Prosím? Čo si to povedal?“

„Povedal som, že si riadna SUKA!“

Zostala neskutočne šokovaná. Taký prekvapený výraz na tvári nikdy nemala.

„To, čo som povedala Kevinovi, platí aj pre teba. Môžem sa postarať o to, aby si si v Hollywoode ani neštekol!"

„Vyskočil kvôli tebe!" povedal som.

„Ale ty si silnejší, ako bol on," pokračovala Veronica, „ty by si nevyskočil. Vieš, koľko prachov si môžeš vďaka mne v Amerike zarobiť? Vieš, aký môžeš byť úspešný?"

„Veronica, ak ty si to, čomu sa hovorí úspech v Hollywoode, tak ho nechcem a radšej si budem žiť svoj neúspešný život! Goodbye."

Prešiel som okolo nej s mojimi kuframi, so zdvihnutou hlavou a viac som sa neobzeral.

EPILÓG

Práve vysedávam na slnku a obdivujem nádherný výhľad na kopce. Chcem vám povedať, aký je môj život teraz skvelý, ale vytešený Robi ma stále prerušuje.

Rob práve predal svoj filmový scenár do Paramount Pictures. Je to neskutočný úspech hlavne preto, že to bol jeho prvý scenár.

Prežívame prekrásny mesiac, odkedy sme sa dali dokopy. Viem, nič netrvá večne, ale myslím, že ja a Robi sme navždy.

Túlime sa na ležadle na terase nášho apartmánu s výhľadom na Zobor. Je jedno, kam nás zavedie práca, toto je náš domov.

Opustiť Hollywood bolo veľmi jednoduché.

Rád by som vám povedal, že Veronica, Hillary a Derek si zobrali niečo z lekcií, ktoré im život za posledných pár mesiacov dal, ale veľmi o tom pochybujem.

Na druhej strane, mne dal život obrovskú lekciu. Šťastie

nie je ukryté v miliónoch eur alebo vo veľkom dome... Šťastie ste vy a človek, ktorého milujete.

O AUTOROCH

Robert Bryndza je autorom megaúspešných trilerov, ktorých sa len v angličtine predalo vyše 7 miliónov výtlačkov a boli preložené do 30 jazykov. Je to britský autor žijúci na Slovensku.

Je autorom medzinárodného #1 bestsellera *Dievča v ľade*. Ide o prvú knihu série s hlavnou hrdinkou detektívkou Erikou Fosterovou, ktorej sa dodnes predalo vyše milióna výtlačkov. Sériu trilerov s Erikou Fosterovou tvorí zatiaľ deväť kníh.

Okrem toho napísal aj bestsellerovú sériu romantických humorných románov. Román *Kanibal z Nine Elms* je prvou časťou novej série trilerov s novou hlavnou hrdinkou –

vyšetrovateľkou Kate Marshallovou. Viac o autorovi môžete nájsť na stránke www.robertbryndza.com.

Ján Bryndza je úspešným autorom a prekladateľom. Narodil sa v očarujúcom meste Nitra a jeho tvorivú dráhu ovplyvnilo bohaté a rozmanité zázemie módneho priemyslu. Svoju kariéru začínal ako model. Neskôr sa venoval práci stylistu a módneho novinára. Práca stylistu ho zaviedla do Hollywoodu, kde rok žil a pracoval spolu so svojím britským manželom Robertom Bryndzom. Ich spoločné zážitky z tohto obdobia sa stali inšpiráciou a základom pre ich debutový román s názvom *Mrcha Hollywood*.

Okrem svojej literárnej tvorby Ján preložil do slovenčiny bestsellerové romantické komédie Roberta Bryndzu: samostatný román *Ten pravý a tá ľavá* a knihy z romanticko-komediálnej série Coco Pinchardová – *Tajný život Coco Pinchardovej*, *Bláznivý život Coco Pinchardovej* a *Nový život Coco Pinchardovej* – čím sprostredkoval obľúbené príbehy aj širšiemu publiku na Slovensku.

Ján a Robert, ktorí teraz žijú na Slovensku, úzko spolupracujú vo svojom spoločnom vydavateľstve Raven Street Publishing, kde prepájajú svoje talenty, aby priniesli Robertove vzrušujúce príbehy čitateľom po celom svete.

www.ingramcontent.com/pod-product-compliance
Lightning Source LLC
Chambersburg PA
CBHW050617190726
48283CB00007B/2452